Kleine Schritte ins Glück

Über die Magie der Gewohnheiten

Philipp Sommer

Druckausgabe ISBN: 9798336002485

"Wir sind, was wir wiederholt tun. Exzellenz ist keine Tat, sondern eine Gewohnheit."

Aristoteles

Jonas zog die Haustür hinter sich zu und trat hinaus auf den Gehweg. Kalter Regen fiel in gleichmäßigen, feinen Tropfen vom Himmel und bedeckte die Welt mit grauer Nässe. Schneidender Wind pfiff durch die Straßen und ließ die Regentropfen wie winzige Nadeln auf seiner Haut prickeln. Jonas zog den Kragen seines Mantels höher und steckte die Hände tief in die Taschen, während er sich auf den Weg zu seinem Auto machte, das ein ganzes Stück von seiner Haustür entfernt parkte.

Plötzlich begann sein Herz schneller zu schlagen: In einiger Entfernung sah er seine Nachbarin, die drei Häuser weiter wohnte. Sie stand am Kofferraum ihres Autos und holte Einkaufstüten heraus. Ihr Wagen stand unweit von seinem, und er würde zwangsläufig an ihr vorbeigehen. Seit sie vor einem halben Jahr in ihre Wohnung eingezogen war, war Jonas heimlich und ziemlich heftig in sie verschossen. Immer, wenn er sie auf der Straße sah, geriet sein Inneres in Aufruhr, und er kam sich vor wie ein verknallter Teenager. Tatsächlich hatte er es sich sogar zur Gewohnheit gemacht, seinen Wagen möglichst so zu parken, dass er an ihrem Haus vorbeilaufen musste, allerdings nicht jedes Mal, schließlich sollte es nicht auffallen.

Er erinnerte sich noch genau daran, wie er sie zum ersten Mal gesehen hatte. Es war ein sonniger Herbsttag gewesen, das goldene Laub hatte bereits angefangen, die Gehwege malerisch zu bedecken. Jonas war gerade von der Arbeit nach Hause gekommen und hatte gesehen, wie sie eine Lampe aus einem Umzugswagen zum Haus trug. Es war der Tag ihres Einzugs. Ihre eher unauffällige Schönheit hatte ihn sofort in den Bann geschlagen. Sie war ungefähr in seinem Alter, um die 35, hatte schulterlange, akkurat geschnittene blonde Haare, und ihre Augen waren von einem mysteriösen Braun, das ihn jedes Mal aufs Neue faszinierte, vor allem im Kontrast zu ihren hellblonden Wimpern, Augenbrauen und Haaren. Ihre Haut war etwas blass, fast alabasterfarben, und ihre Augen strahlten eine wache Intelligenz und ein heiteres Wesen aus.

Ihr Bild war ihm nicht mehr aus dem Kopf gegangen. Wie sich herausstellte, war sie offenbar sehr musikalisch und übte häufig Saxophon. Immer wieder hatte er sie im Vorbeigehen in ihrem Wohnzimmer spielen hören, und gelegentlich durch die Gardinen einen schemenhaften Blick auf sie erhascht. Sie spielte coole und zugleich ausdrucksstarke Jazz-Riffs, die ihn ziemlich beeindruckten und ihm unter die Haut gingen. Zwar war er alles andere als ein großer Jazzfan, aber ein paar der bekannten Klassiker konnte er durchaus etwas abgewinnen.

Manchmal war er abends, wenn es dunkel war, in der Nähe ihres Fensters stehen geblieben, um zu lauschen – allerdings nie für allzu lange, denn er wollte nicht als Stalker oder so etwas wahrgenommen werden. Als er sie das erste Mal auf diese Art gehört hatte, war ihm eine Gänsehaut nach der anderen über den Rücken gerieselt. Sie hatte „Harlem Nocturne" gespielt, jenes ikonische Stück aus der Feder von Earle Hagen, das an sich schon einen hocherotischen

Charakter besaß. Er kannte es in der lässigen Version der Viscounts. In der Interpretation seiner Nachbarin aber war es ihm derart unter die Haut gegangen, dass er das Atmen vergessen hatte. Sie hatte es zu einem Instrumental-Playback gespielt, sehr langsam und unfassbar ausdrucksvoll...

Kurz: Es hatte ihn ordentlich erwischt.

Seit ihrem Einzug hatte er viele Gelegenheiten verpasst, mit ihr ins Gespräch zu kommen. Er hätte sie ansprechen und fragen können, ob sie neu eingezogen sei und er ihr irgendwie helfen könne. Er hätte ihr anbieten können, dass sie jederzeit bei ihm klingeln könne, wenn sie etwas bräuchte. Oder er hätte ihr ein Kompliment wegen des Saxophonspiels machen können. Hätte, hätte, Fahrradkette. Doch er fühlte sich unattraktiv und uninteressant und war überzeugt, dass er bei ihr ohnehin keine Chance haben würde. Außerdem schien sie ihn niemals auch nur zu sehen, geschweige denn zu grüßen, was seinen Mut erst recht schwinden ließ.

Jetzt aber bot sich ihm eine goldene Gelegenheit: Er konnte den vollendeten Gentleman geben und ihr seine Hilfe beim Tragen der schweren Taschen anbieten. Je näher Jonas ihr kam, desto heftiger pochte sein Herz. Was genau sollte er zu ihr sagen? Wie sollte er es formulieren?

Doch bevor er Gedanken und Mut sammeln konnte, griff sie nach ihren Papiertüten, balancierte sie geschickt und schleppte sie vor seinen Augen zur Haustür. Ohne einen Blick in seine Richtung zu werfen, verschwand sie im Hausflur. Jonas blieb stehen, schaute ihr nach – und hätte heulen können. Wieder eine Chance verpasst!

„Verdammt!“, zischte er leise in sich hinein und seufzte tief. Mit hängenden Schultern ging er weiter zu seinem Auto, stieg ein und fuhr zum Supermarkt.

Einige Zeit später schob er seinen Einkaufswagen langsam Richtung Kasse und versuchte, den Blicken der anderen Kunden auszuweichen. Sein Wagen war halb gefüllt mit einigermaßen normalen Lebensmitteln: Toastbrot, Käse, Milch, Cornflakes. Doch dazwischen tummelten sich süße Snacks, Chips und Longdrinks in Dosen: ein bunte Kollektion seiner heimlichen Laster.

Er hasste diesen Moment. Allzu oft schon hatte er ihn durchlebt, besonders an Tagen, wo es Frust oder Ärger zu verarbeiten gab. Schon als er die Sachen in den Wagen gelegt hatte, hatte er jenes leise Schamgefühl gespürt. Doch jetzt, als er alles auf das Kassenband legte, fühlte es sich an, als würde jeder Blick ihn durchbohren. Er kam sich vor wie ein berüchtigter Sittenstrolch – oder Schlimmeres. Deutlich spürte er, wie sein Kopf immer roter wurde.

Die Kassiererin, eine hübsche junge Frau mit fokussiertem Gesichtsausdruck und lockigem, braunem Haar, begann seine Artikel über den Scanner zu ziehen. Jonas bemerkte, wie sie kurz auf die Reihen von Schokoladenriegeln und Chipstüten blickte, bevor sie zu ihm aufsah. Offensichtlich bemühte sie sich um einen neutralen Gesichtsausdruck, aber Jonas war sich sicher, dass er eine Mischung aus Belustigung und Missbilligung in ihren Zügen wahrnahm. Vielleicht war es nur Einbildung, aber er hätte schwören können, dass sie andeutungsweise den Kopf schüttelte.

„47,50 Euro, bitte", sagte sie mit einem gemachten Lächeln, und jetzt täuschte sich Jonas nicht: Sie blickte ihm verstohlen auf seinen teigigen Bauchansatz. Er holte seine Brieftasche raus und merkte, dass seine Hände leicht zitterten.

„Bitte", murmelte er und zahlte. Während sie ihm das Wechselgeld rausgab, vermied er ihren Blick und konzentrierte sich dann darauf, die Einkäufe in seinen abgenutzten Rucksack zu packen. Die Chipstüten knisterten laut, als er sie hineinstopfte, und er fragte sich, ob die Kassiererin ihn immer noch beobachtete. In seinem Kopf kreisten die Gedanken:

„Sie muss denken, ich bin ein totaler Versager. Und sie hat auch noch Recht!"

Als er noch jünger gewesen war, hatte er bei Ladys von ihrem Kaliber durchaus Chancen gehabt. Aber diese Zeiten waren vorbei. Jetzt schauten ihn attraktive Frauen eher mit Mitleid oder Missbilligung an – wenn überhaupt. Und wer würde es ihnen auch verübeln? Was war aus ihm geworden? Seine inneren Selbstvorwürfe wurden lauter, je länger er dort stand. Endlich hatte er alles verstaut und war bereit zu gehen.

„Einen schönen Tag noch", sagte die Kassiererin, aber Jonas hörte kaum zu. Er murmelte irgendwas und schob sich durch die automatischen Türen hinaus. Die regenkalte Luft schlug ihm ins Gesicht, aber sie konnte das brennende Gefühl der Scham nicht überdecken. So ein scheußliches Wetter heute! Die letzten Tage waren unberechenbar gewesen – typisches Aprilwetter eigentlich, dabei war es schon Mai.

Er lief zu seinem Mégane, packte den Rucksack in den Kofferraum und nahm dann auf dem Fahrersitz Platz. Bevor er losfuhr, atmete er erstmal tief durch. Er sah zu, wie die Leute an seinem Wagen vorbeigingen, jeder in seiner eigenen Welt, unberührt von den inneren Kämpfen, die ihn quälten.

„So kann das nicht weitergehen", dachte er trübsinnig. „Das ist doch nicht normal, sich so hundeelend zu fühlen, nur weil man einkaufen geht." Missmutig schüttelte er den Kopf. „Ich muss etwas ändern. Und diesmal wirklich!" Er dachte nach und sagte sich: „Ab Montag starte ich durch! Ich werde eine Diät machen und endlich mit Sport anfangen. Und diesmal gibt es keine Ausreden!"

Er schloss die Augen und stellte sich vor, wie er morgens aufstand, sich in bequeme Sportkleidung warf und joggen ging, noch bevor die Stadt richtig erwachte. Er sah sich in der Küche stehen, frische Salate zubereiten und die ungesunden Snacks durch knackiges Gemüse und gesunde Smoothies ersetzen. Ein Gefühl der Erleichterung mischte sich mit einer gewissen Abscheu vor dem kargen, freudlosen Dasein, das ihm bevorstand.

Und dann drängte sich ein vernichtender Gedanke auf:

„Wie oft habe ich mir das schon vorgenommen?", fragte er sich selbst. „Wie oft habe ich mir geschworen, dass ich ab jetzt alles anders mache? Und wie oft bin ich gescheitert?“

Er spürte, wie sein Herz wieder schwer wurde, und die kleine Flamme der Hoffnung, die eben noch da gewesen war, begann immer schwächer zu flackern.

„Nein!“, sagte er laut und ballte entschlossen die Hände zu Fäusten. „Diesmal wird wirklich alles anders sein!“, dachte er trotzig. „Mir reicht es mit dieser ständigen Selbstverachtung.“ Er spürte eine Welle der Energie in sich aufsteigen, und im nächsten Moment war er überzeugt, dass er tatsächlich die Kraft hatte, es diesmal wirklich zu schaffen. Erneute Zuversicht durchflutete ihn, als er sich vorstellte, wie er rank und schlank vor dem Spiegel stand, im Hochgefühl seines Erfolgs und Triumphs.

Und noch war ja nicht Montag, dachte er dann. Wer wollte ihm verbieten, es jetzt noch mal richtig krachen zu lassen? Im Gegenteil: Es war psychologisch gesehen ja sogar durchaus sinnvoll, dachte er, wenn er sich für seinen Plan belohnte und es sich zum Abschied noch einmal richtig gut gehen ließ.

Und so stieg er aus, öffnete den Kofferraum und holte eine Handvoll Schokoriegel aus dem Rucksack, setzte sich wieder auf den Fahrersitz, und nachdem er die Tür hinter sich geschlossen hatte, riss er die erste Verpackung auf und biss genüsslich in den Schokoriegel. Die Schokolade schmolz wohltuend auf seiner Zunge, und für einen kurzen Moment fühlte er sich gut, ja fast glücklich. Die Schuldgefühle waren für diesen Augenblick weit weg. Und so konnte er diesen Moment so richtig auskosten, mit der offiziellen Erlaubnis, noch einmal schwach sein zu dürfen.

Dann startete er den Motor und fuhr los zu seinem Wohnhaus in Frankfurt-Bockenheim, einem Viertel, das für seine Mischung aus studentischer Lebhaftigkeit und ruhigem Wohnambiente bekannt war. Schick war es nicht gerade, aber auch nicht allzu heruntergekommen, und die Miete war vergleichsweise erträglich. Der Nieselregen ließ die grauen Fassaden der Gebäude trostlos erscheinen, und Jonas fiel auf, wie wenig heimelig sein Haus in diesem Licht wirkte. Der Anblick passte nur allzu gut zu seiner inneren Verfassung.

Seufzend parkte er und ging auf das Wohnhaus zu, ein unscheinbarer Mehrfamilienbau aus den 1970er Jahren. Die Fassade war fleckig und konnte eine frische Schicht Farbe vertragen. Als er die Eingangstür aufschloss, trat er in das Treppenhaus ein. Es war eng und dunkel, die Wände mit vergilbter Blümchentapete bedeckt und der hölzerne Handlauf arg abgenutzt.

Jonas ging die Treppen hinauf, jeder Schritt ließ das Holz unter seinen Füßen knarren. Im zweiten Stock angekommen schloss er seine Wohnungstür auf. Die Luft war stickig und abgestanden, und im Flur herrschte Unordnung – Schuhe, Taschen und Jacken lagen verstreut herum. Seit Ewigkeiten nahm er sich vor, endlich mal wieder klar Schiff zu machen, schob es aber immer wieder vor sich her. Die Einrichtung seiner Wohnung war schlicht und sachlich, aber auch die fällige Renovierung prokrastinierte er seit Jahren erfolgreich.

Er brachte seine Einkäufe in die Küche, ein kleiner Raum mit weißen Fliesen und einfachen, grauen Schränken. Der Kühlschrank summte leise, und die Arbeitsflächen waren mit benutztem Geschirr vollgestellt. Während Jonas die Lebensmittel im Kühlschrank und in den Schränken verstaute, schossen mit einem Mal Schmerzen in seinen Rücken, die ihn schon seit Längerem immer wieder plagten und die jetzt gerade besonders übel aufflammten. Er hielt inne, reckte und streckte sich und versuchte, sich durch einige Bewegungen zu erleichtern.

„Wird Zeit, dass ich mal zum Arzt gehe", dachte er entnervt, und stellte eine Packung Milch in den Kühlschrank.

Nachdem er die Einkäufe verstaut hatte, ging Jonas ins Badezimmer, um sich mit einem Handtuch den regennassen Kopf abzutrocknen. Der Spiegel über dem Waschbecken zeigte ihm ein Bild, das seine miese Stimmung nicht gerade verbesserte. Missmutig blickte er in sein Gesicht, das blass und teigig aussah. Dunkle Ränder unter den blauen Augen zeugten von langen Nächten vor dem Computer. Seine dunkelblonden Haare konnten mal wieder einen Friseurbesuch vertragen, und mit Unbehagen warf er einen Blick auf den Ansatz eines Doppelkinns, der nicht mehr zu leugnen war. Genau genommen war Jonas nicht stark übergewichtig, er hatte lediglich rund 15 oder 20 Kilo zu viel auf den Rippen. Aber diese Kilos bewirkten, dass er aufgedunsen und unförmig aussah, und das machte ihn zutiefst unzufrieden.

Doch so sehr er es sich auch wünschte: Er wurde diese Fettmassen einfach nicht los. Im Gegenteil: Sie wurden allmählich immer mehr, und es war nur eine Frage der Zeit, bis er wirklich massive Probleme bekommen würde. Buchstäblich.

„Gott sei Dank wird Montag alles anders“, seufzte er und kehrte zurück in die Küche. Dort angekommen stellte er sich eine Schüssel mit süßen und eine mit salzigen Snacks zusammen, eine vertraute Routine, die ihm zumindest kurzfristig Trost spendete, und die sich heute gut und richtig anfühlte, weil sie ja dem Abschied diente und sozusagen das Vorspiel war zu seinem neuen, besseren Leben.

Mit den Schüsseln in den Händen wechselte er in sein Arbeitszimmer. Der Raum war klein und vollgestopft mit Büchern, Ordnern und technischen Gerätschaften. Die Vorhänge waren zugezogen. Ein Schreibtisch nahm den meisten Raum ein, darauf standen ein großer Monitor, ein PC und eine Tastatur nebst Zocker-Maus. Er hatte sich vor einiger Zeit einen leistungsfähigen High-End-PC gegönnt und dafür ordentlich Geld hingeblättert. Außerdem besaß er ein Virtual-Reality-Headset, das per Bluetooth mit dem PC verbunden war, also ein Gerät, das man sich wie eine Taucherbrille aufsetzte und mit dem man in dreidimensionale virtuelle Spielwelten abtauchen konnte. Und genau das war es, was er jetzt wollte: Abtauchen, alles vergessen.

Jonas setzte sich auf seinen Bürostuhl, stellte die Schüsseln neben die Tastatur und schaltete den Computer ein. Das vertraute Summen und Klicken beruhigte ihn ein wenig. Er setzte das VR-Headset auf und öffnete sein Lieblingsspiel, ein Open-World-Adventure, also ein Spiel, in der man eine vielfältige, schier endlose virtuelle Welt erkunden konnte und in der es galt, diverse Rätsel zu lösen und Herausforderungen zu meistern. Das Spiel nahm den Kopf so sehr in Anspruch, dass man alles um sich herum vergaß. Sorgen und Probleme verschwanden, und er war ganz und gar absorbiert von jener anderen Welt.

2

Eine gute Woche später erwachte Jonas mit einem so scharfen, durchdringenden Schmerz im unteren Rücken, dass er am liebsten geschrien hätte. Der besagte Montag war längst vergangen, und wie zu befürchten gewesen war, hatte sich nichts in seinem Leben verändert, außer dass er seit seinem guten Vorsatz ein weiteres Kilo zugenommen hatte – und nun auch noch von heftigen Rückenschmerzen geplagt war.

Mit einem stummen Fluch auf den Lippen drehte er sich langsam zur Seite, versuchte, die Schmerzen durch vorsichtige Bewegungen zu lindern. Doch nichts half. Die Schmerzen waren schlimmer als je zuvor.

„Verdammt“, murmelte er vor sich hin. „Ich muss wirklich zum Arzt.“

Langsam und mit größter Mühe setzte er sich auf die Bettkante. Jeder Zentimeter fühlte sich an wie eine Ewigkeit. Seine Gedanken kreisten um die Schmerzen, die ihn bereits seit Wochen gequält hatten.

„Warum habe ich das nur so lange hinausgezögert?“, dachte er und ärgerte sich über sich selbst.

Er atmete tief durch und versuchte, aufzustehen. Behutsam erhob er sich langsam vom Bett. Ein erneuter scharfer Schmerz schoss durch seinen Rücken, und er musste sich an der Bettkante festhalten, um nicht umzufallen.

„Gott, das ist ja kaum auszuhalten“, dachte er, während er sich mühsam aufrichtete.

Endlich stand er aufrecht, und die ersten Schritte waren reine Qual. Jeder Schritt war ein Kampf gegen den Schmerz, und er biss die Zähne zusammen, um nicht laut aufzuschreien. Nachdem er eine Weile in der Wohnung auf und abgegangen war, ließ der Schmerz nach, und er konnte sich wieder halbwegs normal bewegen. Und so meldete sich eine andere Regung: Sein Magen knurrte laut und fordernd.

„Erstmal frühstücken“, entschied er und wechselte in die Küche. Dort angekommen griff er nach der Packung Cornflakes, die auf dem Tisch stand, und schüttete eine großzügige Menge in eine Schüssel, fügte eine gute Portion Zucker hinzu und goss Milch darüber, dann begann er, begierig zu essen.

Nach dem Frühstück fühlte er sich ein wenig gestärkt, griff nach seinem Handy und machte einen Termin bei seinem Hausarzt, und noch am selben Nachmittag ging er zur Behandlung. Nach einer körperlichen Untersuchung und einer peinlichen Befragung zu seinem Lebensstil kam der Arzt zu dem Befund, dass er immerhin vermutlich keinen Bandscheibenvorfall hatte, sondern ein ausgeprägtes LWS-Syndrom aufgrund einer ungesunden Lebensweise. Er verordnete ihm Schmerzmittel sowie Krankengymnastik und wünschte ihm eine gute Besserung.

3

Und so machte sich Jonas zwei Tage später auf den Weg zu seinem ersten Termin beim Physiotherapeuten. Die Schmerzmittel hatten immerhin bewirkt, dass es ihm halbwegs besser ging, und so war er bereit für – was immer der Therapeut mit ihm anstellen würde. Die Praxis befand sich in einem modernen Gebäude, nur wenige Blocks von seiner Wohnung in Bockenheim entfernt. Die Fassade wirkte elegant, mit großen Glasfronten und einer Eingangstür aus geschliffenem Aluminium, die ihm geradezu Respekt einflößte.

Jonas betrat das Gebäude und fuhr mit dem Aufzug in den zweiten Stock. Ein Schild mit der Aufschrift „Physiotherapie Eisenberg“ begrüßte ihn, als er aus dem Aufzug trat. Die Praxis selbst war freundlich und einladend gestaltet. Der Empfangsbereich war schick eingerichtet, mit hellen Holzmöbeln und bequemen Sitzgelegenheiten. An den Wänden hingen gefällige Bilder von Landschaften und Naturmotiven.

An einem Tresen saß eine junge, hübsche Empfangsdame mit strahlenden Augen und einem freundlichen Lächeln. Sie begrüßte ihn, nahm seine Daten auf und bat ihn dann, im Wartebereich Platz zu nehmen.

Nachdem er dort einige Minuten gesessen hatte, führte die Dame ihn in einen der Behandlungsräume. Der Raum war groß und modern ausgestattet, mit einer verstellbaren Behandlungsbank in der Mitte, einigen Fitnessgeräten an den Wänden und großen Fenstern, die viel Licht hereinließen. Ein Regal mit verschiedenen Therapiegeräten und eine Sprossenwand ergänzten die Einrichtung.

Am anderen Ende des Raumes stand Herr Eisenberg, ein bemerkenswert schlanker, durchtrainierter Mann Anfang Vierzig, mit einem freundlichen Gesicht und kurzen, dunkelblonden Haaren. Er trug einen weißen Trainingsanzug und strahlte eine entspannte, professionelle Aura aus.

„Guten Tag, Herr Heller“, begrüßte Eisenberg ihn mit festem Händedruck und einem Lächeln. „Ich bin Alex Eisenberg. Schön, Sie kennenzulernen.“

„Guten Tag“, antwortete Jonas. „Danke, dass Sie mich so kurzfristig aufnehmen konnten.“

„Das ist kein Problem“, sagte der Therapeut und deutete auf die Behandlungsbank. „Bitte nehmen Sie

Platz. Erzählen Sie mir doch ein wenig über die Probleme, die Sie zu mir geführt haben."

Jonas setzte sich, atmete tief durch und schilderte dann seinen Zustand. Eisenberg nickte verständnisvoll und machte sich einige Notizen. „Ich verstehe. Können Sie mir etwas über Ihren Lebensstil erzählen? Wie sieht Ihr Alltag aus?"

„Immer diese peinlichen Fragen!", dachte Jonas. „Müsst ihr Weißkittel einen immer so demütigen?"

„Erzählen Sie ruhig ganz ausführlich. Wir wollen den Ursachen ihrer Schmerzen so genau wie möglich auf den Grund gehen."

„Na toll", dachte Jonas. Er zögerte und sagte: „Wo soll ich anfangen?"

„Was arbeiten Sie?"

„Tja, momentan arbeite ich nicht."

„Also auf Jobsuche."

„So ungefähr, also nicht wirklich..."

Eisenberg runzelte die Stirn:

„Was heißt das konkret?"

„Mein letzter Job wurde gekündigt."

„Oh, das tut mir leid."

„Mir nicht. Der Job war gruselig. Mein Chef war Choleriker, ständig unbezahlte Überstunden und ein grauenhaftes Betriebsklima. Ich bin froh, dass das vorbei ist. Abgesehen davon habe ich eine gute Abfindung bekommen. Und deswegen brauche ich mir für ein paar Monate keine Sorgen zu machen."

„Okay, das ist komfortabel. Wie lange genau?"

„Ungefähr sechs Monate."

„Wow. Ein kostenloses Sabbatical. Klingt wie ein Traum!"

„Ja...", seufzte Jonas.

Eisenberg sah ihn fragend an.

„Naja, wirklich genießen kann ich diese Zeit nicht."

„Warum nicht?"

„Wie soll ich es ausdrücken...?"

„Versuchen Sie es."

Eisenberg sah Jonas mit einem Blick an, der eine ganze Menge Mitgefühl und Verständnis zum Ausdruck brachte, und so fühlte Jonas sich ermutigt.

„Ich bin gerade irgendwie am... am Versumpfen."

„Inwiefern?"

Jonas schilderte, dass er die Tage hauptsächlich am PC mit Spielen verbrachte oder am Handy mit dem Anschauen von Kurzvideos und ähnlich sinnlosen Beschäftigungen.

„Okay, dann haben wir schon mal eine wichtige Ursache für Ihre Schmerzen. Langes Sitzen ist Gift für die Wirbelsäule."

Jonas nickte.

„Was können Sie mir noch über ihren Lebensstil verraten?"

„Ich schätze, dass ich mich nicht gerade gesund ernähre..." Dabei klopfte er mit den Händen auf seinen Bauch.

„Ja, das kenne ich gut", lachte Eisenberg.

„Sie?!", fragte Jonas entgeistert und musterte den schlanken, trainierten Körper des Therapeuten.

„Ich war auch mal übergewichtig", gab dieser zurück. „Vermutlich habe ich mehr gewogen als Sie."

„Im Ernst?"

„Ja, wirklich."

„Fällt mir schwer, das zu glauben."

„Okay, ich beweise es Ihnen."

Eisenberg holte sein Smartphone hervor und zeigte Jonas eine Reihe von Fotos.

„Ich habe zu Beginn meiner Abmagerungskur ein Foto in Badehose gemacht, und dann einmal pro Woche dasselbe Foto, wieder und wieder. Bis ich schlank war."

Das erste Bild zeigte einen Mann mit einem veritablen Übergewicht. Er mochte gut und gerne hundert Kilo oder mehr wiegen. Der ganze Körper sah rund und speckig aus, und das Gesicht war dicklich und aufgedunsen. Nur mit Mühe konnte Jonas den Therapeuten erkennen. Eisenberg swipte weiter, Bild für Bild, und allmählich wurde der Körper immer schlanker und muskulöser, bis am Ende der heutige Eisenberg zu sehen war, schlank, durchtrainiert und beneidenswert gutaussehend.

„Das ist ja unglaublich!", stieß Jonas hervor.

„Ja, es kommt mir selber bis heute völlig unglaubwürdig vor", lachte der Therapeut. „Aber ich habe es tatsächlich geschafft. Und wenn ich die Bilder von damals sehe, erinnere ich mich wieder an das Elend von damals, als wäre es gestern gewesen. Tja, und daher weiß ich auch ziemlich genau, wie sich das für Sie anfühlt. Man kommt sich vor wie fremdgesteuert. So als hätte man einen Dämon im Kopf, der einen zwingt, ungesundes Zeug zu essen, ob man nun will oder nicht. Und allzu oft isst man mehr, als man sich vorgenommen hat, und hat das Gefühl, das nicht kontrollieren zu können."

„Ja!", stieß Jonas hervor. „Ganz genau so fühlt es sich an!"

„Und vermutlich haben Sie auch schon tausendmal versucht, Diäten zu machen und abzunehmen, genau wie ich damals."

Jonas nickte eifrig.

„Vermutlich wissen Sie bereits, dass kurze Diäten ohnehin nichts bringen und dass nur eine langfristige Umstellung der Ernährung Sie dauerhaft schlank machen wird.

„Ja, klar."

„Aber genau das will Ihnen nicht gelingen?"

„Richtig! Und genau so ist es auch mit der PC-Zockerei: Ich nehme mir ständig vor, das zu reduzieren, aber es klappt einfach nicht!"

„So ist das mit den schlechten Angewohnheiten und Süchten: Man denkt, es ist unmöglich, da jemals rauszukommen. Aber glauben Sie mir: Es ist möglich!"

„Aber wie?"

„Mit der Power der Gewohnheiten!"

Jonas sah ihn interessiert an.

„Nun, vielleicht haben Sie schon gehört von dem Buch 'Die 1-Prozent-Methode' von James Clear. Das ist zur Zeit in aller Munde."

„Nicht, dass ich wüsste."

„Das Buch ist ein absoluter Bestseller. Darin erklärt der Autor sehr ausführlich und nachvollziehbar, wie man durch kleine Veränderungen Großes bewirken kann – wenn man nämlich diese Veränderungen zur Gewohnheit werden lässt. Man kann sich nicht nur schlechte Dinge angewöhnen, sondern auch gute."

„Klingt interessant."

„Schon bevor er das Buch schrieb, hatte sich Clear nach und nach eine große Followerschaft aufgebaut mit einem Blog und einem Newsletter zum Thema Gewohnheiten. Und damit war er irgendwann so erfolgreich, dass er beschloss, ein Buch zu schreiben. Und es wurde zu einem Welt-Erfolg. Allerdings ist James Clear beileibe nicht der erste, der sich mit dem Thema beschäftigt hat. Im Gegenteil: Es gab schon vorher einige gute Bücher zu dem Thema, die Clear inspiriert haben und mit denen er sich in seinem eigenen Buch auch intensiv beschäftigt hat. Eins davon habe ich damals, 2013, in die Finger bekommen, als ich begann, mein Leben zu ändern. Das von James Clear gab es damals noch gar nicht. Und es war dieses Buch, das mich überhaupt dazu gebracht hat."

„Welches Buch ist es?"

„Das Buch heißt 'The Power of Habit', zu Deutsch: 'Die Macht der Gewohnheit' und ist von Charles Duhigg. Nachdem ich es gelesen hatte, habe ich meinen Lebensstil komplett umgekrempelt, und so bin ich schlank geworden."

„Wow!"

„Mit einer neuen Gewohnheit wie zum Beispiel einer gesünderen Ernährung ist es wie mit einer Lokomotive. Wenn die anfährt, geht es erstmal nur sehr langsam und mühsam vorwärts. Man sieht förmlich, wie die Maschine ackern muss, um das Ding vom Fleck zu bewegen. Der Grund ist die Trägheit der Masse. Das kennen Sie auch vom Radfahren: Das Losfahren ist anstrengend. Deswegen schalten Sie in den ersten Gang. Aber wenn Sie erstmal Fahrt haben, dann brauchen sie nur ganz entspannt leichte Impulse mit den Pedalen zu geben, um in Fahrt zu bleiben, genau wie die Lok viel weniger Energie braucht, in schneller Fahrt zu bleiben, als sie beim Anfahren benötigte. Denn nun bewirkt die Massenträgheit, dass die Lok – oder das Fahrrad – in Schwung bleibt. Man nennt das auch Momentum: Die Lok hat Momentum."

„Interessant..."

„Wenn Sie sich etwas Neues angewöhnen wie eine gute Ernährung oder Sport, dann ist es anfangs anstrengend. Aber dann, mit der Zeit, bauen Sie Momentum auf, und schon bald ist es ganz leicht, und Sie schießen wie ein ICE mit zweihundert Sachen durch die Landschaft."

Jonas musste lachen.

„Und genau das ist die Kraft der Gewohnheit!", fügte der Therapeut hinzu.

„Bei mir schießt leider gar nichts durch die Landschaft", murmelte Jonas zerknirscht.

„Tja, Sie eben haben Momentum aufgebaut beim Junkfood-Futtern und PC-Zocken."

„So sieht es wohl aus."

„Einer der Gründe, warum Sie sich wie fremdgesteuert vorkommen, ist also die Macht der Gewohnheit!", betonte Eisenberg. „Und dann gibt es noch einen zweiten Faktor, der dieses Momentum noch verstärkt – zumindest, was die Ernährung betrifft."

„Und zwar?"

„Zu der Gewohnheit kommen gewisse Stoffwechsel-Mechanismen, die mit dem Verzehr von zu viel Kohlenhydraten zusammenhängen. Der Insulin-Haushalt spielt dabei eine herausragende Rolle. Dadurch entstehen Heißhunger-Attacken, und als Folge davon können im Körper suchtähnliche Prozesse entstehen."

„Suchtähnlich... Ja, so kommt es mir auch irgendwie vor."

„Sie haben es also mit einem biochemischen Prozess zu tun und gleichzeitig mit einem psychologischen. Und beides zusammen bewirkt, dass Sie das Gefühl haben, keine Kontrolle mehr zu haben."

„Verstehe..."

„Nun, wir haben heute nicht die Zeit, darauf intensiver einzugehen und das im Detail aufzudröseln. Dafür werden wir in den kommenden Therapiestunden noch Zeit haben. Was ich unterm Strich sagen will: Es ist nicht so schwer, den Lebensstil und die Ernährung zu verändern – wenn man weiß, wie es geht. Es ist wie bei einem Passwort. Wenn man es nicht kennt, ist es fast unmöglich einen Account zu öffnen. Wenn man es aber weiß, dann ist es ganz einfach."

„Hmm..."

„Und genauso ist das mit den Abhängigkeiten und Gewohnheiten: Wenn Sie den Trick wissen, wie man davon loskommt, dann ist es ganz einfach."

Jonas sah ihn skeptisch an.

„Naja, ganz einfach ist vielleicht auch etwas übertrieben. Aber eben wesentlich einfacher, als Sie jetzt gerade denken."

„Es wäre so schön, wenn Sie Recht hätten."

„Habe ich!", grinste Eisenberg selbstbewusst. „Aber kommen wir zurück zur Anamnese."

Daraufhin stellte er einige weitere Fragen zu Jonas' Lebensweise, und der erzählte von den übrigen Baustellen in seinem Leben: Er hatte Schulden – teils wegen seiner Leidenschaft fürs Essen und teils für Dinge wie seinen High-End-PC, für Games, aber auch für Online-Shopping und Abos bei diversen Online-Diensten. Übertrieben hoch waren die Schulden nicht, aber doch so, dass sie Jonas ein wenig belasteten.

„Auch ein Problem, das durch falsche Gewohnheiten entsteht", kommentierte der Therapeut. „Und das bedeutet: Auch das können Sie in den Griff bekommen."

„Das wäre toll..."

„Gut. Kommen wir jetzt zur körperlichen Anamnese!"

Daraufhin führte der Therapeut einige Untersuchungen durch, die auch schon der Arzt mit ihm gemacht hatte und machte sich Notizen. Nachdem Jonas wieder Platz genommen hatte, erklärte Eisenberg weiter:

„Bewegung ist essentiell für die Gesundheit Ihrer Wirbelsäule. Die Bandscheiben, die sich zwischen den Wirbeln befinden, sind wie kleine Kissen, die als Stoßdämpfer fungieren. Sie brauchen regelmäßige Bewegung, um gut ernährt zu werden."

Eisenberg zeigte auf ein anatomisches Modell der Wirbelsäule, das auf einem Regal stand. „Wenn Sie sich bewegen, werden die Bandscheiben wie ein Schwamm zusammengedrückt und wieder losgelassen. Dieser Prozess sorgt dafür, dass Nährstoffe in die Bandscheiben gelangen und Abfallstoffe entfernt werden. Ohne regelmäßige Bewegung trocknen die Bandscheiben aus und werden anfälliger für Schäden. Im schlimmsten Fall kommt es zu einem Bandscheibenvorfall, der Sie für Wochen oder Monate außer Gefecht setzt."

„Den habe ich ja zum Glück nicht."

„Nein. Bei Ihnen liegt das Problem in Muskelverkürzungen, Verspannungen und degenerativen Prozessen. Wenn Sie viel sitzen und sich wenig bewegen, wird Ihre Rückenmuskulatur schwächer und Ihre Bandscheiben verlieren an Elastizität. Außerdem neigen die Muskeln dazu, sich zu verspannen und zu verhärten, was zu Schmerzen führt."

„Verstehe..."

„Die gute Nachricht ist, dass wir mit gezielten Übungen und Physiotherapie Ihre Muskulatur stärken und die Beweglichkeit Ihrer Wirbelsäule verbessern können. Ich werde Ihnen einige Übungen zeigen, die Sie regelmäßig zu Hause durchführen sollten."

Jonas rutsche ein entnervtes Stöhnen heraus.

Der Therapeut sah ihn mit einem schelmischen Grinsen an und fügte hinzu:

„Daran werden Sie sich gewöhnen müssen!"

Jonas verstand die Anspielung und grinste zurück.

„Aber wenn es erst mal eine Gewohnheit ist, dann wird es ganz selbstverständlich für Sie sein und Sie keine große Überwindung mehr kosten. Wie Zähneputzen. Es wird nicht über Nacht besser, aber mit Geduld und Konsequenz werden Sie große Fortschritte sehen."

Jonas fühlte sich erleichtert, aber auch ein wenig überwältigt von all den Informationen.

„Danke. Ich werde mein Bestes tun."

„Das freut mich zu hören", sagte der Therapeut lächelnd. Daraufhin zeigte er Jonas eine Reihe von Übungen. Zu seinem großen Verdruss musste Jonas erkennen, wie sehr er eingerostet und unbeweglich war, und die Übungen verursachten Schmerzen. Aber allmählich spürte er, wie seine Muskeln elastischer wurden, und am Ende der Stunde hatten die ursprünglichen Rückenschmerzen eindeutig nachgelassen.

Jonas bedankte sich, und der Therapeut sagte zum Abschied:

„Und besorgen Sie sich die beiden Bücher! Vielleicht sogar als Hörbücher. Dann können Sie sie beim Spazierengehen hören und bekommen so noch zusätzlich ein bisschen gesunde Bewegung!"

„Kling nach einer guten Idee!", erwiderte Jonas. „Das werde ich ausprobieren."

Und so verließ er die Praxis mit einem Gefühl der Zuversicht.

4

Noch am selben Nachmittag lud Jonas sich die beiden Hörbücher runter. Sodann beschloss er, einen Spaziergang im Palmengarten zu machen und dort in das erste der beiden reinzuhören: 'Die Macht der Gewohnheit' von Charles Duhigg. Zwar kostete der Park Eintritt, aber Jonas beschloss, sich das zur Feier des Tages zu gönnen. Immerhin hatte er schon Geld für blödsinnigere Dinge ausgegeben. Zudem brach endlich, nach Tagen regnerischer Tristesse, die Sonne aus den Wolken hervor, und es versprach, ein schöner Nachmittag zu werden.

Der Palmengarten, einer der größten botanischen Gärten Deutschlands, begrüßte ihn mit seiner majestätischen Eingangshalle. Die Glasfronten ließen viel Licht herein, und eine elegante Architektur verlieh dem Gebäude einen modernen, einladenden Charakter. Jonas kaufte ein Ticket und trat durch die großen Glastüren in den Garten ein.

Es war ewig her, dass er zum letzten Mal hier gewesen war. Der erste Eindruck war überwältigend. Der Palmengarten erstreckte sich über mehr als 22 Hektar und bot eine große Vielfalt an Pflanzen aus aller Welt. Jonas konnte die prächtigen Farben und den Duft der Blumen schon vom Eingang aus wahrnehmen. Er begann seinen Spaziergang auf den gepflegten Wegen, die sich durch die verschiedenen Themenbereiche des Gartens schlängelten.

Zuerst kam er am Rosengarten vorbei. Die geometrisch angeordneten Beete und die elegante Pergola verliehen dem Garten einen klassischen Charme. Die Rosen blühten in allen erdenklichen Farben. Jonas blieb einen Moment stehen, um ihre Schönheit zu genießen. Und ihm wurde bewusst, wie gut es seiner Seele tat, die Natur zu genießen statt auf einen Bildschirm zu starren.

Er startete das Hörbuch, lauschte und setzte seinen Spaziergang fort.

Wie der Autor erklärte, waren Gewohnheiten automatisierte Verhaltensweisen oder Routinen, die der Mensch ohne bewusstes Nachdenken ausführte. Sie waren ein tief in der menschlichen Natur verankertes Programm, das in letzter Konsequenz das Überleben sicherte und dem Menschen die Handlungsfähigkeit verlieh, die ihn in der Evolution so erfolgreich machte. Gewohnheiten dienten dazu, das tägliches Leben effizienter zu gestalten, indem sie den Menschen von der Notwendigkeit befreiten, über jede kleine Handlung nachzudenken.

Duhigg erläuterte, dass Gewohnheiten aus einem dreistufigen Prozess entstanden, den er als "Gewohnheitsschleife" bezeichnete. Diese bestand aus drei Elementen: einem Auslöser, der das gewohnheitsmäßige Verhalten in Gang setzte, der eigentlichen Routine oder Handlung, und einer Belohnung, die das Gehirn dazu brachte, sich die Schleife zu merken und in Zukunft zu wiederholen. Mit der Zeit wurde dieser Prozess so automatisiert, dass man ihn kaum noch wahrnahm.

Duhigg nannte dafür ein einprägsames Beispiel: Jeden Nachmittag verspürte er eine durchdringende Müdigkeit. Ohne groß darüber nachzudenken, stand er von seinem Schreibtisch auf und machte sich auf den Weg zur Kantine. Er ging direkt zu den Auslagen, wählte einen großen, süßen Keks aus und setzte sich damit an einen der Tische, wo er oft auf ein paar Kollegen traf, die sich ebenfalls eine Auszeit gönnten.

Während er den Keks genüsslich verzehrte, unterhielt er sich mit ihnen, tauschte Neuigkeiten aus und lachte über die kleinen Anekdoten des Tages. Diese kleine Pause brachte ihm eine willkommene Erfrischung. Die Kombination aus Zucker, der kurzen Ablenkung und dem sozialen Kontakt hinterließ ein angenehmes Gefühl, das ihn durch den Rest des Arbeitstages trug. Jeden Tag wiederholte sich dieses Muster fast automatisch.

Später, als Duhigg anfing, die Elemente der Gewohnheitsschleife zu analysieren, wurde ihm klar, was hier wirklich ablief. Es gab einen klaren Auslöser, nämlich die Müdigkeit am Nachmittag, die ihn in Bewegung setzte. Die Routine war der Gang zur Kantine, der Kauf des Kekses und die anschließende Unterhaltung mit den Kollegen. Die Belohnung schließlich war das Gefühl von Erfrischung und sozialer Befriedigung, das er nach dieser kurzen Pause erlebte.

Duhigg erkannte, dass der Keks selbst nicht der Kern des Problems war. Vielmehr suchte er nach einem Weg, die Müdigkeit zu überwinden und sich gleichzeitig sozial eingebunden zu fühlen. Diese Einsicht ermöglichte es ihm, die Routine zu ändern: Anstatt den Keks zu kaufen, begann er, einfach nur eine kurze Pause mit Kollegen zu machen – und stellte fest, dass er sich genauso erfrischt fühlte. Indem er die Gewohnheitsschleife verstand und den Ablauf analysierte, konnte er die Routine so verändern, dass sie weiterhin die gewünschte Belohnung brachte, aber ohne den unnötigen Keks.

Der Autor betonte, dass Gewohnheiten einen enormen Einfluss auf unser Leben hatten, weil sie einen Großteil des täglichen Verhaltens steuerten. Studien zeigten, dass bis zu 40% unserer täglichen Handlungen auf Gewohnheiten basieren. Sie beeinflussten unsere Gesundheit, unsere Produktivität, unser finanzielles Wohlergehen und sogar unsere persönlichen Beziehungen. Gewohnheiten konnten sowohl positiv als auch negativ sein, und ihre Macht lag darin, dass sie tief im Unterbewusstsein verankert und daher schwer zu ändern waren.

Noch klarer wurde das, wenn man sich bewusst machte, was im Gehirn ablief: Gewohnheiten waren angesiedelt in den so genannten Basalganglien. Diese evolutionsmäßig betrachtet sehr alten Gehirnstrukturen speicherten Routinehandlungen, sodass das Gehirn Energie sparen konnte. Und genau das war der Grund, warum es so schwer war, Gewohnheiten zu ändern: Sie waren in den tiefsten Tiefen unseres

Gehirns verankert, dort wo auch die Instinkte und Reflexe abgespeichert waren, die das Überleben des Individuums und der Spezies sicherten.

Zugleich aber war genau das auch der Grund, warum Gewohnheiten so förderlich waren und so leicht beizubehalten, wenn sie erst einmal etabliert waren.

Wenn man dieses Prinzip verstanden hatte, konnte man den Glauben daran entwickeln, dass man es tatsächlich schaffen konnte, seinen Lebensstil zu verändern und den neuen Stil nachhaltig beizubehalten, ohne dass es einer Menge Willenskraft und Anstrengung bedurfte. Denn waren die neuen Gewohnheiten erst etabliert, lief es fast wie von selbst. Anstrengung und Willenskraft waren nur in der Phase vonnöten, in der man seine Gewohnheiten umbaute. Und in dieser kritischen Phase half der Glaube daran, dass diese Phase vorbeigehen und bessere Zeiten kommen würden. Somit war der Glaube an die Kraft der Gewohnheiten ein wichtiges Element in diesem Prozess.

Jonas drückte die Pausetaste und dachte über das Gehörte nach. Jetzt erst verstand er so richtig, warum es ihm so schwer fiel, sich von seinen Lastern zu befreien: Sie waren so fest in sein Gehirn zementiert, dass es einer Herkulesaufgabe glich, gegen sie anzukämpfen. Aber wie sollte es ihm gelingen, da wieder herauszukommen? Jonas war gespannt, was der Autor darüber zu sagen hatte.

Jonas spazierte weiter und kam zum Rhododendrongarten. Auch wenn einige der Pflanzen jetzt noch nicht blühten, konnte er sich vorstellen, wie atemberaubend dieser Teil des Gartens während der Haupt-Blütezeit sein musste.

Er ging weiter durch den Steingarten, der sich auf einer kleinen Anhöhe befand und eine beeindruckende Aussicht über den gesamten Palmengarten bot. Der Weg führte ihn schließlich zu einem ruhigen Teich, umgeben von Bäumen und Büschen. Einige Enten schwammen auf dem Wasser, und Jonas setzte sich auf eine Bank, um die friedliche Szene zu genießen und weiter dem Hörbuch zuzuhören.

Duhigg argumentierte, dass das Verständnis der Funktionsweise von Gewohnheiten der Schlüssel zu ihrer Veränderung war. Indem man die Gewohnheitsschleife erkannte und gezielt in sie eingriff, konnte man schlechte Gewohnheiten durch gute ersetzen und so das Leben verbessern. Dies erforderte Bewusstsein und Ausdauer, konnte aber zu tiefgreifenden positiven Veränderungen führen.

Jonas spürte, wie eine Welle der Zuversicht durch seinen Körper ging. Hatte er hier vielleicht wirklich einen Schlüssel gefunden, mit dem er aus seiner Sackgasse ausbrechen konnte? Jonas brannte darauf, ganz konkret zu erfahren, wie das mit den Veränderungen funktionierte und freute sich schon auf die Teile des Hörbuchs, die diese Frage beantworten würde. Ganze drei Stunden verbrachte er im Palmengarten, bis er schließlich den Heimweg antrat.

Auch am folgenden Tag, der wieder von herrlichem Sonnenschein verwöhnt war, machte Jonas einen ausgedehnten Spaziergang. Zwar hatte er Muskelkater vom vielen Gehen am Vortag, dafür aber waren seine Rückenschmerzen deutlich besser geworden. Das Gehen schien ihm tatsächlich gut zu tun. Außerdem hatte er sich an Eisenbergs Rat gehalten und morgens die Rücken-Übungen gemacht.

Diesmal entschied er sich für den Rebstockpark, ein weitläufiges und beliebtes Naherholungsgebiet im Westen Frankfurts. Als Jonas den Park betrat, spürte er sogleich, wie gut ihm die entspannte Atmosphäre tat. Der Eingang war von hohen Bäumen gesäumt, deren Blätter im leichten Wind raschelten. Die Wege waren gepflegt und führten durch unterschiedlich gestaltete Bereiche. Während er das Hörbuch in sich aufnahm, schlenderte Jonas zu einem kleinen See, der von Schilf und Bäumen umgeben war. Auf dem Wasser schwammen Schwäne und Enten, die ab und zu in das Wasser tauchten, um nach Nahrung zu suchen. Unterdessen hörte Jonas die beruhigende Stimme des Sprechers in seinem Ohr.

Charles Duhigg erklärte in seinem Buch, wie man die Macht der Gewohnheit nutzen konnte, um sein Leben zum Besseren zu wenden. Der Schlüssel lag darin, die Struktur der Gewohnheitsschleife zu verstehen und gezielt in sie einzugreifen.

Der erste Schritt bestand darin, die eigenen Gewohnheiten zu identifizieren und zu analysieren. Man musste sich bewusst werden, welche Verhaltensweisen automatisch abliefen und welche Auslöser sie in Gang setzten. Dazu war es empfehlenswert, das eigene Verhalten über einen längeren Zeitraum genau zu beobachten und zu protokollieren.

Sobald man eine Gewohnheit identifiziert hatte, die man ändern wollte, galt es, den Auslöser, die Routine und die Belohnung genau zu untersuchen. Man fragte sich: Was löste die Gewohnheit aus? Welche Handlung folgte darauf? Und welche Belohnung erhielt man dadurch?

Der nächste Schritt war, eine neue Routine zu finden, die den gleichen Auslöser nutzte und eine ähnlich wirksame Belohnung bot. Dabei war es wichtig, experimentierfreudig zu sein und verschiedene Alternativen auszuprobieren. Man konnte beispielsweise statt zur Zigarette zu greifen, wenn man gestresst war, einen kurzen Spaziergang machen oder eine Atemübung durchführen.

Jonas musste schmunzeln: Immerhin hatte er bereits zwei Tage in Folge Spaziergänge gemacht, statt am Computer zu zocken, und es ging ihm gut damit. Offenbar war er bereits dabei, eine neue Gewohnheit zu etablieren.

Um die neue Gewohnheit zu festigen, musste man sie konsequent wiederholen. Dies erforderte anfangs bewusste Anstrengung und Willenskraft. Man musste sich immer wieder daran erinnern, die neue Routine durchzuführen, wenn der Auslöser auftrat. Dies war eine Übergangsphase, die ein gewisses Maß an Anstrengung erforderte. Aber sobald die neue Gewohnheit etabliert und gefestigt war, lief sie automatisch ab, wie im Autopilotmodus, und kostete somit kaum noch Anstrengung. Der Ablauf wurde zur Normalität wie zuvor die schlechte Angewohnheit.

Ein wichtiger Aspekt war auch, die Umgebung so zu gestalten, dass sie die neue Gewohnheit unterstützte. Man entfernte Versuchungen aus dem Sichtfeld und platzierte Hilfsmittel für die neue Routine an leicht zugänglichen Orten. Jonas dachte an die großen Mengen von Snack-Vorräten, die er in seiner Wohnung zu lagern pflegte.

Duhigg betonte, dass es hilfreich war, sich mit anderen Menschen zusammenzuschließen, die ähnliche Ziele verfolgten. Gegenseitige Unterstützung und Verantwortlichkeit konnten die Motivation stärken und dabei helfen, auch in schwierigen Phasen durchzuhalten. Jonas überlegte, wen er ins Boot holen konnte. Aber auf Anhieb fiel ihm niemand ein. Er beschloss, diesen Punkt im Auge zu behalten.

Ein weiterer wichtiger Punkt war Geduld. Es brauchte Zeit, bis eine neue Gewohnheit sich verfestigte und die alte ersetzte. Man musste damit rechnen, dass es Rückschläge geben würde, und lernen, diese als Teil des Prozesses zu akzeptieren.

Schließlich war es entscheidend, kleine Erfolge zu feiern. Jedes Mal, wenn man erfolgreich die neue Routine durchführte, bestärkte man das eigene Gehirn durch eine Belohnung darin, die neue Gewohnheit zu bevorzugen.

Indem man diese Prinzipien anwandte, konnte man nach und nach negative Gewohnheiten durch positive ersetzen und so sein Leben in die gewünschte Richtung lenken. Es war ein Prozess, der Ausdauer und Engagement erforderte, aber das Potenzial hatte, tiefgreifende und dauerhafte Veränderungen zu bewirken.

Jonas stoppte das Hörbuch, und während er weiter durch den Park schlenderte, dachte er über das Gehörte nach. Er fühlte sich ein bisschen überfordert von den vielen theoretischen Informationen. Das alles war interessant, aber irgendwie auch sehr abstrakt. Und Jonas wurde klar, dass es nicht damit getan sein würde, einfach ein Hörbuch zu hören, damit alles besser wurde. Das war nur der Anfang. Und doch: Diese Einblicke in die Vorgänge im Gehirn und über die enorme Kraft der Gewohnheiten hatten immerhin bewirkt, dass er ein bisschen besser verstand, warum er sich so gefangen in seinem schlechten Lebensstil fühlte und sich so machtlos vorkam.

Er dachte an all seine Versuche, seine Ernährung umzustellen. Oft hatte er sich vorgenommen, sich gesund zu ernähren, hatte viel Fisch, Salat und Gemüse eingekauft, und dann mit der Umstellung begonnen. Doch schon nach kurzer Zeit hatte er es wieder aufgegeben. Warum? Was war passiert?

Jonas dachte nach. Vor allem hatte er bei diesen Versuchen die neue Ernährungsweise als einen schmerzhaften Verzicht wahrgenommen und war von einem schrecklichen Verlangen nach Süßigkeiten gequält gewesen. Dann hatte er sich vorgestellt, wie sein Leben aussehen würde, wenn er von nun an für den Rest seines Lebens von diesem Verlangen und Verzichten gequält würde. Und so war ihm klar geworden, dass er weder die Kraft noch die masochistische Veranlagung hatte, sich einem solchen lebenslangen Martyrium zu unterwerfen.

Also: Worin hatte sein Fehler bestanden? Offenbar hatte er zu schnell aufgegeben. Offenbar hatte ihn die schwierige Übergangsphase so sehr überfordert, dass er zu schnell das Handtuch geworfen hatte, noch bevor sich die neue Gewohnheit hatte etablieren können. Wenn er das Buch richtig verstanden hatte, dann durfte er darauf hoffen, dass dieses Verlangen nach Süßigkeiten aufhören würde, sobald die neue Gewohnheit der gesunden Ernährung gefestigt war. Und es würde sich nicht wie ein schmerzlicher Verzicht anfühlen, sondern völlig normal sein.

Ihm fiel ein, dass Eisenberg etwas von Kohlenhydrat-Stoffwechsel gesagt hatte und dass daraus Heißhunger und suchtähnliche Prozesse entstehen konnten. Was auch immer es damit auf sich hatte: Offenbar hatte es das Problem noch verstärkt. Klar war, dass Jonas sich wohl auch mit dem Thema Ernährung genauer beschäftigen musste, um die Problematik zu durchschauen und zu überwinden.

„Aber schön eins nach dem anderen", dachte er. Vorläufig wollte er erst einmal auskosten, dass er auf dem besten Wege war, eine neue Gewohnheit zu etablieren: Stramm spazieren gehen und dabei mit Hörbüchern etwas für den Kopf zu tun. Er spürte deutlich, wie gut ihm das tat, und kostete dieses Hochgefühl aus.

Wie war das mit der Belohnung? Man sollte jede gute Handlung mit einer Belohnung quittieren, damit das Gehirn Lust darauf bekam, die Handlung zu wiederholen und eine neue Gewohnheit daraus zu generieren. Während er das dachte, kam er zu einer großen Liegewiese. Hier lagen Menschen auf Decken und genossen die Sonne, lasen Bücher oder unterhielten sich leise. Ein paar Kinder spielten Fangen, und Jonas musste lächeln über ihr fröhliches Lachen. Er suchte sich einen Platz am Rand der Wiese und legte sich ins Gras, die Sonne wärmte sein Gesicht. Herrlich! Das war die perfekte Belohnung für diesen fleißigen Tag.

5

Am folgenden Morgen hatte er wieder einen Termin bei Eisenberg. Während der Behandlung erzählte er dem Therapeuten von seinen Spaziergängen und dass er sich bereits mit dem ersten Buch intensiv beschäftigt hatte. Der Therapeut zeigte sich erfreut und beglückwünschte Jonas:

„Längst nicht alle meine Patienten halten sich an meine Tipps. Und glauben Sie denn, dass das Buch ihnen helfen kann?“

„Ja, auf jeden Fall. Aber mir ist auch klar, dass ich noch einige Hausaufgaben machen muss, vor allem zum Thema Ernährung. Das mit den Kohlenhydraten-“

An dieser Stelle wurde er unterbrochen, denn es klopfte an der Tür, und eine junge Frau trat herein. Sie war blond, bildhübsch und gut gebaut und trug ein figurbetontes, vermutlich ziemlich kostspieliges

Sommerkleid, dazu eine sehr teuer aussehende Designer-Sonnenbrille.

„Sorry, wenn ich störe!", sagte sie mit einem aufgesetzten Lächeln, „aber ich muss mal eben mit dir reden, Alex."

„Ich bin mitten in einer Behandlung!", gab der Therapeut ziemlich entnervt zurück.

„Es ist dringend!", sagte die Frau.

Alex ächzte, entschuldigte sich bei Jonas und verließ mit der Frau das Zimmer. Er hörte, dass sie den Nebenraum betraten und nahm wahr, dass die zwei sich offensichtlich stritten, ohne dass er verstehen konnte, worum es ging. Es dauerte etwa fünf Minuten, dann wurde die Tür vom Nebenraum geknallt, und Eisenberg kam mit finsterer Miene zurück. Er schloss die Tür, stöhnte und bemühte sich um Haltung.

„Sorry!", sagte er.

„Kein Problem!", gab Jonas zurück. Er sah dem Therapeuten an, dass es ihm schwer fiel, sich zu sammeln. Normalerweise hätte er diskret geschwiegen, aber irgendwie hatte er das Gefühl, dass Eisenberg jetzt ein bisschen Mitgefühl und ein paar beruhigende Worte vertragen konnte.

„Ihre Lebensgefährtin?", fragte er.

Eisenberg nickte und zuckte entnervt mit den Schultern. Dann sah er Jonas mit einem verschwörerischen Blick an und raunte:

„Ganz ehrlich? Die macht mich fertig!"

Jonas nickte verständnisvoll.

„Aber sorry nochmal. Ich will Sie nicht mit meinen privaten Problemen behelligen. Also, wo waren wir stehen geblieben?“

„Ist schon okay. Wir alle hatten mal schwierige Momente in der Beziehung.“

„'Mal' ist gut...“

„Wenn Sie reden wollen – nur zu. Ich habe nichts von einem Therapeuten, der nicht bei der Sache ist. Bei mir sind ihre Probleme gut aufgehoben.“

Eisenberg sah ihn verblüfft an. Jonas kannte solche Reaktionen gut. Er war immer schon ein offener Mensch gewesen, der ein Ohr für die Probleme anderer hatte. Er galt als empathisch und als guter Zuhörer.

Schließlich atmete der Therapeut tief durch und sagte:

„Kennen Sie diesen Typ Frau? Ständig brauchen sie Ihre Aufmerksamkeit! Und egal, was man macht: Es ist nie genug. Ich habe ihr schon tausendmal gesagt, dass sie hier nicht unangemeldet aufkreuzen soll. Aber die schert sich nicht darum. Dauernd platzt sie in meine Behandlungen und verwickelt mich in Diskussionen. Das ist schon fast peinlich.“ Er schnaubte. „Und dann diese ständige Eifersucht!“

„So etwas kann einen in den Wahnsinn treiben“, erwiderte Jonas verständnisvoll.

„Wem sagen Sie das?“

Eine Weile lang machte Eisenberg seinem Ärger Luft, bis er sagte:

„Oje, was mache ich hier eigentlich? Tut mir sehr leid, dass ich Sie belästige. Sie haben eine Extrastunde gut bei mir!"

„Ist schon in Ordnung. Wenn man Druck hat, muss man ihn rauslassen, und das beste ist, mit jemandem zu reden. Ich verstehe das sehr gut. Machen Sie sich keine Gedanken."

Eisenberg sah ihm tief in die Augen und sagte:

„Wissen Sie was? Sie sind ein echt guter Kerl. Das hat man nicht oft, dass jemand so verständnisvoll ist."

„Danke für das Kompliment!"

Der Therapeut schien zu überlegen und setzte dann hinzu:

„Das klingt jetzt vielleicht ein bisschen komisch. Aber darf ich Sie nach Feierabend auf ein paar Drinks einladen? Sie haben was gut bei mir!"

Zunächst war Jonas ein wenig verdutzt, aber dann sagte er sich, dass es auf keinen Fall schaden konnte, mit diesem Mann in näheren Kontakt zu kommen. Immerhin war er vermutlich genau der Richtige, um ihm bei seinen Problemen zu helfen.

„Ja, gerne! Warum nicht! Ich habe viel Zeit!"

„Gut! Ich freu mich drauf. Aber jetzt machen wir noch eine Übung, damit Sie nicht völlig umsonst gekommen sind!"

6

Inzwischen war es Abend geworden. Jonas stand vor der „Metro Lounge“, einer modernen, nicht übertrieben schicken Bar im Ausgehviertel von Bockenheim. Die Bar war bekannt für ihre entspannte Atmosphäre, eine perfekte Mischung aus stilvoll und gemütlich. Sie war untergebracht in einem ansehnlichen Gründerzeitbau mit großen Fenstern, die einen Blick ins Innere ermöglichten. Durch das Glas konnte Jonas die sanfte Beleuchtung und die minimalistische Einrichtung erahnen.

Kurz darauf kam Eisenberg um die Ecke. Er trug dunkle Jeans und ein einfaches, aber elegantes Hemd.

„Hey! Schön, Sie zu sehen“, rief er, als er näher kam.

„Hallo, freue mich auch“, antwortete Jonas lächelnd.

Sie betraten die Bar und wurden von einem freundlichen Barkeeper begrüßt. Die Lounge war stilvoll-reduziert eingerichtet, mit bequemen Ledersesseln und schlanken Holztischen. An den Wänden hingen moderne Kunstwerke, und schicke Aluminium-Lampen warfen ein warmes Licht.

Sie fanden einen freien Tisch in einer Ecke und ließen sich nieder. Eine Kellnerin kam schnell zu ihnen und reichte ihnen die Getränkekarten. Sie war jung, hatte kurzes Haar und trug ein lässiges Outfit, das gut zur Atmosphäre der Bar passte.

„Was möchten Sie trinken?“, fragte Alex Jonas und blätterte durch die Karte.

„Ich denke, ich nehme einen Gin Tonic“, antwortete Jonas, nachdem er einen kurzen Blick auf die Auswahl geworfen hatte.

„Gute Idee, da bin ich dabei!“

Die Kellnerin kam zurück und nahm ihre Bestellung auf. Kurz darauf brachte sie die Getränke und stellte sie mit einem freundlichen Lächeln auf den Tisch.

„Also“, begann Eisenberg, „ich finde, wir sollten mit dem förmlichen Quatsch aufhören und Du sagen, oder?“

„Das klingt gut. Ich bin Jonas.“

„Freut mich, dich kennenzulernen, Jonas. Ich bin Alex.“

Sie stießen an.

„Auf einen netten Abend!“, fügte der Therapeut hinzu.

Nachdem sie einen Schluck von ihren Gin Tonics genommen hatten, fragte Jonas:

„Und? Haben sich die Wogen mit deiner Freundin inzwischen geglättet? Wie heißt sie eigentlich?“

„Michelle. Ach, was soll ich sagen? Wir haben nur nochmal kurz telefoniert, und sie ist mit ihren Freundinnen unterwegs.“

Alex wirkte ziemlich entnervt:

„Das Schlimme ist: Ich sehe im Moment nicht, wie sich das alles jemals ändern soll.“

„Habt ihr mal an eine Paartherapie gedacht?“

Alex sah ihn schief an:

„Gute Idee, aber ich fürchte, Michelle würde sich nie auf so etwas einlassen. Sie hat ja auch überhaupt kein Bewusstsein dafür, dass ihr Verhalten problematisch ist. Sie findet sich selbst topp."

„Okay, dann wird es schwierig."

„Jetzt wirst du mich bestimmt gleich fragen, warum ich überhaupt noch mit ihr zusammen bin."

„Ich war kurz davor, ja."

„Oh, Mann, wenn ich das wüsste..."

„Hast du schon daran gedacht, dich zu trennen?"

„Ja klar! Aber ich... ich hänge zu sehr an ihr. Ich komme einfach nicht von ihr los."

„Dann geht es dir mit ihr wie mir mit den Schokoriegeln."

„Genau!", lachte Alex. „Im Grunde ist es so."

„Vielleicht musst du sie dir einfach abgewöhnen", scherzte Jonas.

„Ja, vermutlich!", lachte Alex. Er schien nachzudenken und fügte hinzu: „Aber letztlich hast du wahrscheinlich sogar Recht."

„Was macht es dir denn so schwer, dich zu trennen?"

„Tja, erstmal sieht sie einfach heiß aus. Ich bin verrückt nach ihr."

„Das lässt sich nicht leugnen. Was noch?"

„Ach...", machte Alex und schwieg betrübt.

Jonas sah ihm deutlich an, dass es da etwas gab, das ihn sehr bekümmerte. Er überlegte kurz, ob er nachfragen sollte, als Jonas mit einem Mal weitersprach:

„Weißt du... sie ist ja nicht immer nur schrecklich. Wir haben auch unsere guten Momente. Wenn ich Sorgen habe, kann ich gut mit ihr reden. Und... tja, momentan ist sie die einzige Person, mit der ich das kann."

„Wirklich? Wie kommts?"

Alex atmete tief durch, dann sagte er:

„Ich hatte einen guten Freund. Einen wirklich guten. Mark. Mit ihm konnte ich tatsächlich über alles reden."

„Aber?"

„Er ist vor einem Jahr an Krebs gestorben."

„Oh nein..."

„Er war nicht mal 50 geworden."

„Das ist unglaublich bitter..."

„Ja, das ist es..."

Alex nahm einen Schluck und starrte ins Leere. Dann gab er sich einen Ruck und sagte:

„Sorry, jetzt habe ich die Stimmung ruiniert. Ich wollte dich nicht runter ziehen."

„Das ist schon okay. Man muss auch mal über die ernsten Dinge reden können. Ich höre dir gerne zu, wenn es dir hilft."

Alex sinnierte eine Weile lang, dann begann er:

„Mark und ich kannten uns seit der Schulzeit. Wir waren wie Brüder, immer füreinander da." Seine Augen leuchteten auf, als er sich an die gemeinsamen Zeiten erinnerte. „Er hat mich damals sehr unterstützt, als ich begann, mein Leben zu ändern, um schlanker zu werden. Er war derjenige, der mich zum Laufen brachte. An den Wochenenden gingen wir oft zusammen joggen, selbst wenn ich am Anfang kaum mithalten konnte. Mark motivierte mich ständig, nie aufzugeben."

„Das klingt, als hätte er dich wirklich inspiriert."

„Das hat er", bestätigte Alex. „übrigens hat er mir auch mal buchstäblich das Leben gerettet."

„Wirklich? Wie das?"

„Wir waren im Urlaub und schwammen im Meer. Wir lachten und hatten Spaß und merkten nicht, wie uns die Strömung immer weiter abtrieb. Irgendwann fiel uns dann auf, wie weit der Strand schon weg war. Wir kriegten einen ziemlichen Schrecken. Dann schwammen wir zurück, was das Zeug hielt. Aber wegen der Strömung war das gar nicht so einfach. Nach einer Weile versagten meine Kräfte, und ich bekam Krämpfe. Ich konnte nicht mehr. Ich war kurz vorm Ertrinken. Mark zögerte keine Sekunde. Er packte mich und hielt mich über Wasser, obwohl er selbst schon völlig entkräftet war. Dabei winkte er um Hilfe. Schließlich entdeckte uns jemand in einem Motorboot, nahm uns an Bord und brachte uns an Land. Ohne Marks Hilfe wäre ich abgesoffen."

„Krasse Geschichte."

„Ja. Wir waren wirklich immer für einander da."

Jonas nickte.

„Meine Güte, wie unsportlich ich damals noch war. Und das als Physiotherapeut!" Er schüttelte lachend den Kopf.

„Und war das damals der Anlass für dich, dein Leben zu ändern?"

„Nein. Das kam später."

„Okay."

„Mark war ein Mann der Tat, immer positiv und voller Energie. Selbst als er die Diagnose Krebs bekam, ließ er sich nicht unterkriegen. Ich erinnere mich noch genau an den Tag, als er mir davon erzählte. Wir saßen in unserer Stammbar, und er sagte mit erstaunlicher Seelenruhe: 'Alex, ich habe Krebs.' Ich war schockiert, aber Mark lächelte nur und meinte, dass er kämpfen würde."

„Wie ging er damit um?" fragte Jonas vorsichtig.

„Mark blieb sich selbst treu", sagte Alex. „Er hielt an seinen gesunden Gewohnheiten fest, so gut er konnte. Er machte weiterhin sein Training, aß gesund und versuchte, positiv zu bleiben. Es war unglaublich schwer, aber er wollte nicht aufgeben. Selbst während der Chemotherapie versuchte er, so aktiv wie möglich zu bleiben."

Alex' Stimme wurde spröde, als er fortfuhr:

„Es war hart, zuzusehen, wie er kämpfte. Aber das inspirierte mich nur noch mehr. Ich erkannte, dass ich meine Gesundheit und mein Leben nicht als selbstverständlich betrachten durfte. Sondern dass es ein Geschenk ist, das man auch wieder verlieren kann. Man muss es zu schätzen lernen..."

Jonas nickte nachdenklich.

„Ich war ihm so dankbar für alles, was er mir gegeben hatte", schloss Alex.

„Er muss ein außergewöhnlicher Mensch gewesen sein", sagte Jonas.

„Das war er", bestätigte Alex mit traurigem Lächeln.

Jonas spürte den Kloß in seinem Hals.

„Auf Mark“, sagte er und stieß mit Alex an.

Nach einem längeren Schweigen sagte der Therapeut:

„Danke fürs Zuhören. Das tat wirklich gut.“

„Wenn ich irgendwas tun kann, um dir zu helfen…“

„Nett, dass du das sagst! Das Reden allein ist schon die beste Hilfe.“

„Jederzeit gerne!“

7

„So, jetzt haben wir aber wirklich genug über diese düsteren Sachen geredet“, sagte Alex. „Themawechsel! Worüber möchtest du reden?“

„Tja, also… ehrlich gesagt würde mich wirklich interessieren, mehr zu erfahren, wie du das damals geschafft hast, dein Leben zu ändern und schlank zu werden. Du hast ja schon einiges angerissen. Und ich habe ja auch schon mit dem Buch von Duhigg angefangen. Ich fand das sehr interessant, aber irgendwie auch ein bisschen abstrakt. Ich würde gerne ein bisschen konkreter erfahren, wie du das gemacht hast.“

„Okay… wo soll ich anfangen?“

„Wie kam es überhaupt dazu?“

„Tja… es begann vor ein paar Jahren, als ich wirklich an einem Tiefpunkt war. Ich war übergewichtig, fühlte mich ständig müde und hatte keine Energie. Mein Selbstbewusstsein war am Boden.“

Jonas nickte aufmerksam.

„Ich war völlig deprimiert", gestand Alex. „Ich habe mich selbst gehasst für das, was ich geworden war. Jeden Morgen aufzustehen und in den Spiegel zu schauen, war eine Qual. Ich war nicht nur unzufrieden mit meinem Aussehen, sondern auch mit meinem gesamten Lebensstil. Ich meine, versteh mich nicht falsch: Ich bin nicht der Meinung, dass man zwangsläufig schlank sein muss, um glücklich zu sein. Und ich verurteile auch niemanden, der nicht schlank ist. Aber bei mir war es so, dass ich mich immerzu schlapp und energielos fühlte, kaum ein paar Treppenstufen gehen konnte, ohne außer Atem zu geraten und mich in meiner Haut ganz schrecklich fühlte. Und ja, ich gebe zu: Meine Plauze gefiel mir einfach nicht und beleidigte meine Eitelkeit.

Wie auch immer: Ich fühlte mich, als würde ich in einer endlosen Schleife feststecken. Und das Schlimmste war, dass ich mich so vollkommen machtlos fühlte. Ich hatte schon tausendmal versucht, etwa zu ändern, und bin tausendmal gescheitert. Es war wie verhext!"

„Das kommt mir verdammt bekannt vor. Was passierte dann?"

„Eines Tages sah ich zufällig ein Foto von mir auf einer Familienfeier. Ich konnte kaum glauben, dass der Mann auf dem Bild ich war. Ich war geschockt, wie aufgedunsen ich aussah, und schämte mich schrecklich. Das war der Punkt, an dem ich wusste, dass ich endlich etwas ändern musste."

Jonas nickte und trank einen Schluck von seinem Gin Tonic.

„Tja, und gerade in dieser Zeit stieß ich auf das Buch ‚Die Macht der Gewohnheit' von Charles Duhigg. Das hat mir die Augen geöffnet."

„Und wie hast du die Erkenntnisse aus dem Buch dann konkret in deinem Leben angewendet?"

„Zuerst habe ich mir meine schlechten Gewohnheiten genau angeschaut", fuhr Alex fort. „Du erinnerst dich ja: Jede Gewohnheit hat drei Faktoren: Auslöser, Routine und Belohnung. Zum Beispiel das ständige Snacken. Ich habe festgestellt, dass Stress oft der Auslöser war. Ich fühlte mich angespannt und brauchte etwas zur Beruhigung. Der Stress löste ein unwiderstehliches Verlangen nach Süßem aus. Und die Routine war dann das Greifen nach Süßigkeiten, denn schließlich sind Süßigkeiten ja Nervennahrung, wie man so sagt, und die Belohnung war der köstliche Geschmack und das kurze Gefühl der Befriedigung."

„Ja, genau so läuft es auch bei mir ab."

„Oft war der Auslöser auch einfach Langeweile. Naja. Jedenfalls war mir nun ein bisschen klarer, was da ablief. Ich wusste nun, dass ich mir eine neue Routine suchen musste, um mit den Auslösern Stress und Langeweile umzugehen. Und ich brauchte eine andere Belohnung."

„Wie hast du das gemacht?" fragte Jonas.

„Ich habe angefangen, andere Wege zu finden, um mit Stress umzugehen", erklärte Alex. „Für mich war es hilfreich, einen strammen Spaziergang um den

Block zu machen, wenn ich Stress empfand. Dabei hörte ich per Kopfhörer Musik. Das ist eine gesunde Art, Stress abzubauen, und tatsächlich fühlt man sich danach entspannter. Und dieses Gefühl der Erleichterung machte ich mir bewusst und fand darin eine wirkungsvolle Belohnung. Diese neuen Routine gab mir ein ähnliches Gefühl der Befriedigung, aber ohne die negativen Folgen, sondern mit dem guten Gefühl, etwas für meine Gesundheit getan zu haben."

„Ja, das mit dem Spazierengehen klappt wirklich ganz gut. Das habe ich in den letzten Tagen auch schon ausprobiert."

„Sehr gut! Und wenn der Stress größer ist und ich die Zeit habe, dann gehe ich auch mal eine Runde joggen oder radfahren oder so."

Jonas nickte.

„Natürlich funktioniert das nicht von heute auf morgen. Man muss Geduld haben und der neuen Gewohnheit die Chance geben, sich zu etablieren. Diese Umgewöhnungsphase ist ein bisschen schwierig. Es kommt ganz darauf an, in dieser Phase nicht das Handtuch zu werfen. Man hat mit Verlangen nach Leckereien zu kämpfen und denkt, man hält es nicht aus. Aber das geht vorbei. Und irgendwann merkt man, wie das Verlangen immer weniger wird und einen nicht mehr so fertig macht. Die neue Gewohnheit hat die alte überschrieben, und es fällt plötzlich viel leichter, die Finger von den Leckereien zu lassen. Und ab dann ist alles viel leichter."

„Wie lange dauert diese Phase?"

„Keine Ahnung. Ich schätze, bei mir hat es vielleicht zwei Wochen gedauert. Wenn überhaupt."

„Mehr nicht?"

„Nein. Und, ganz wichtig zu wissen: Es gibt ja wie gesagt noch einen zweiten Aspekt beim Abnehmen, der eine große Rolle spielt."

„Nämlich?"

„Die Art, wie Kohlenhydrate im Körper wirken."

„Ach ja, das hattest du schon mal angedeutet. Was genau hat es damit auf sich?"

„Kohlenhydrate sind eine Hauptquelle für Energie, aber sie können auch dazu führen, dass wir Heißhungerattacken bekommen und es schwer haben, schlank zu bleiben."

Jonas beugte sich interessiert vor:

„Was genau passiert da?"

„Wenn du Kohlenhydrate isst", fuhr Alex fort, „werden diese im Körper zu Glukose umgewandelt, also Zucker. Glukose ist eine wichtige Energiequelle, aber wenn du zu viele Kohlenhydrate auf einmal isst, steigt dein Blutzuckerspiegel rapide an. Um den Blutzucker abzubauen und zu verarbeiten, schüttet dein Körper Insulin aus, ein Hormon, das den Zucker aus dem Blut in die Zellen transportiert, wo er als Energie verwendet und sozusagen verbrannt wird, wie Benzin in einem Motor."

„Und was ist das Problem dabei?" fragte Jonas.

„Das Problem ist, dass dieser schnelle Anstieg und Abfall des Blutzuckerspiegels zu Heißhungerattacken führen kann", erklärte Alex. „Wenn der Blutzuckerspiegel nach dem anfänglichen Anstieg wieder schnell abfällt, signalisiert das deinem Körper, dass er mehr Energie braucht, und du bekommst Heißhunger auf mehr Kohlenhydrate oder Zucker. Und das führt schnell zu einem Teufelskreis."

Jonas nickte. „Das erklärt, warum ich oft schon kurz nach dem Mittagessen wieder Hunger habe, besonders wenn ich etwas Kohlenhydratreiches gegessen habe."

„Genau", sagte Alex. „Außerdem führt ein dauerhaft hoher Insulinspiegel dazu, dass dein Körper mehr Fett speichert und es schwieriger wird, Gewicht zu verlieren. Das ist einer der Gründe, warum viele Menschen Schwierigkeiten haben, schlank zu bleiben, selbst wenn sie weniger Kalorien zu sich nehmen."

„Ja. Man hat das Gefühl, dass eine ganze Menge Leute damit ihre Schwierigkeiten haben."

„Exakt! Das ist tatsächlich ein verbreitetes Phänomen. Weißt du, eines der großen Probleme mit unserer modernen Ernährung ist, dass viele der industriell produzierten Lebensmittel, die wir heute essen, eine ganz andere Zusammensetzung haben als das ursprüngliche Getreide oder andere Naturprodukte. Nimm zum Beispiel Weizenmehl. Das, was du heute im Supermarkt bekommst, ist stark verarbeitet und enthält viel mehr Stärke als das ursprüngliche Getreide, das unsere Vorfahren gegessen haben. Das liegt daran, dass moderne Weizensorten und andere Getreidearten künstlich hochgezüchtet wurden, um ertragreicher zu sein. Dabei ging es weniger um den

Nährwert, sondern mehr um die Effizienz und die Profitabilität."

„Das heißt, die Lebensmittel heute sind viel stärkehaltiger als früher?"

„Genau. Und das ist ein Problem. Stärke wird im Körper sehr schnell in Zucker umgewandelt, was deinen Blutzuckerspiegel in die Höhe treibt. Darüber hatten wir ja eben gesprochen."

„Ja, genau."

„Und es ist nicht nur Weizenmehl. Viele Fertiggerichte, besonders Pasta, Brot, Frühstückscerealien und Snacks, enthalten ebenfalls übermäßig viel Stärke. Und ich will gar nicht erst anfangen, von Zucker zu reden, speziell von Fruktose. Das Zeug ist überall drin, in sämtlichen Fertigprodukten, auch da, wo du es gar nicht vermuten würdest: In Pizza, Pastasaucen, im Ketchup – überall! Und die Industrie macht das nicht ohne Grund: Die wissen genau, dass der Zucker Lust auf mehr macht und suchtähnliche Prozesse auslöst. Deswegen wird damit nicht gespart."

„Krass, oder?"

„Das Problem ist, dass diese kohlenhydratreichen Lebensmittel in unserer modernen Ernährung allgegenwärtig sind. Sie sind billig, sie sind bequem, und sie sind überall erhältlich. Aber sie sorgen dafür, dass wir viel zu viele leere Kalorien zu uns nehmen – also Kalorien, die wenig Nährwert haben und unseren Körper dazu bringen, Fett einzulagern. Deshalb ist es so wichtig, auf eine Ernährung umzusteigen, die auf natürlichen, unverarbeiteten Lebensmitteln basiert, die wenig Kohlenhydrate und viel Eiweiß und gesunde Fette enthalten."

„Und was ist mit Vollkornprodukten? Warum genau sind die besser"

„Vollkornprodukte sind in der Tat besser als hochverarbeitete Produkte, weil sie mehr Ballaststoffe und lebenswichtige Nährstoffe enthalten."

„Zum Beispiel?"

„Neben Vitaminen und Mineralstoffen auch Antioxidantien und sekundäre Pflanzenstoffe."

„Was immer das ist."

„Das sind wichtige Nährstoffe, die uns in der modernen Ernährung oft fehlen."

„Okay."

„Aber auch Vollkornprodukte enthalten immer noch eine erhebliche Menge an Kohlenhydraten in Form von Stärke. Deswegen solltest du es auch mit Vollkornbrot, Müsli und Co. nicht übertreiben, sondern bewusst damit Maß halten. Wenn du wirklich etwas für deine Gesundheit tun willst, dann solltest du darauf achten, erheblich weniger Kohlenhydrate zu dir zu nehmen als bisher. Das bedeutet, dass du weniger Brot, Nudeln, Kartoffeln und andere stärkehaltige Lebensmittel essen solltest und stattdessen auf Gemüse, Nüsse, Samen, gesunde Fette und Proteine setzen solltest. Das gibt dir die Energie, die du brauchst, ohne deinen Blutzuckerspiegel in die Höhe zu treiben."

„Verstehe..."

„Wenn du deine Ernährung umstellst, wirst du merken, wie viel stabiler dein Energielevel wird und wie viel besser du dich fühlst."

„Du hast gerade gesunde Fette erwähnt. Was genau meinst du damit?"

„Gesunde Fette sind Fette, die deinem Körper tatsächlich nützen. Es gibt da vor allem zwei Arten, die besonders gut für dich sind: ungesättigte Fettsäuren und Omega-3-Fettsäuren."

„Okay, die Begriffe hat man ja schon öfter gehört. Was hat es genau damit auf sich? Was steckt hinter den ungesättigten Fettsäuren?"

„Das sind Fette, die du zum Beispiel in Olivenöl, Rapsöl, Avocados und Nüssen findest. Sie helfen, den Cholesterinspiegel im Blut zu senken und sind gut fürs Herz. Sie sind auch in Samen wie Chia- und Leinsamen enthalten."

„Klingt gesund. Und was hat es mit den Omega-3-Fettsäuren auf sich?"

„Omega-3-Fettsäuren sind mehrfach ungesättigte Fettsäuren, die du vor allem in fettem Fisch wie Lachs, Makrele und Hering findest. Aber auch Leinsamen, Chiasamen und Walnüsse haben sie. Diese Fette sind besonders wertvoll, weil sie Entzündungen im Körper reduzieren, das Herz schützen und sogar die Gehirnfunktion unterstützen. Außerdem verwendet der Körper sie als Baumaterial."

„Okay, verstehe."

„Der Körper braucht ungesättigte Fettsäuren und Omega-3-Fettsäuren und kann sie nicht selbst herstellen. Deswegen nennt man sie auch essentielle

Fettsäuren. Sie helfen im Übrigen, dass du nicht zu viel isst, weil sie satt machen. Und wenn du sie in gesundem Maß zu dir nimmst, machen sie auch nicht dick. Im Gegenteil: Sie helfen dir, nicht dick zu werden – so paradox das auch klingen mag."

„Und worin genau besteht der Unterschied zu anderen Fetten?"

„Die anderen Fette – das sind die gesättigten Fettsäuren, die du in vielen verarbeiteten Lebensmitteln findest. Sie können in hohen Mengen schädlich sein – ganz abgesehen davon, dass sie dick machen. Sie erhöhen das Risiko für Herz-Kreislauf-Erkrankungen, weil sie den schlechten Cholesterinspiegel ansteigen lassen."

„Und wo genau stecken diese Fette drin?

„Gesättigte Fettsäuren stecken in Lebensmitteln wie fettem Fleisch, Wurstwaren, Butter, Schmalz, Käse und Sahne, Kokosöl, Palmöl, Kakaobutter, Kuchen, Keksen, Pommes, Chips, Schokolade..."

„Also praktisch in allem, was lecker ist..."

„Leider ja!", lachte Alex. „Es wird also gut sein, wenn du dich daran gewöhnst, auf gesunde Fette umzusteigen."

„Tja...", sagte Jonas geknickt. „So gesehen habe ich bisher alles komplett falsch gemacht."

„Das lässt sich ja ändern."

Jonas ächzte.

„Ich würde gerne nochmal auf das Thema Kohlenhydrate zurückkommen", setzte Alex wieder an. „Bist du noch aufnahmefähig?"

„Ja, ein bisschen deprimierendes Wissen passt noch rein."

„Okay", lachte Alex. „Also. Wir haben über den Zusammenhang zwischen Kohlenhydraten, Insulin und Heißhunger gesprochen."

„Genau."

„Okay. Es gibt da noch eine Sache, die wichtig ist zu verstehen. Und zwar meine ich das Thema Insulinresistenz."

„Was ist das? Klingt kompliziert..."

„Eigentlich ist es ganz einfach, wenn man es einmal verstanden hat. Das Problem beginnt, wenn du über längere Zeit ständig zu viele Kohlenhydrate und Zucker zu dir nimmst. Dein Körper muss immer mehr Insulin produzieren, um den ständigen Ansturm an Zucker zu bewältigen. Darüber hatten wir je gesprochen."

„Ja."

„Das Insulin dient ja unter anderem dazu, den Zucker in die Zellen zu transportieren, wo er wie Treibstoff verbrannt wird – ein gesunder, lebensnotwendiger Prozess."

„Ja, genau. Das hattest du erklärt."

„Richtig. Wenn du nun über längere Zeiträume tagtäglich zu viele Kohlenhydrate zu dir nimmst, und ständig große Mengen an Insulin im Blut zirkulieren, dann werden deine Zellen resistent gegen das Insulin – sie reagieren nicht mehr so gut darauf. Das Insulin wird sozusagen stumpf."

„Oh, okay... Und was passiert dann?"

„Nun, wenn deine Zellen resistent werden, muss deine Bauchspeicheldrüse noch mehr Insulin produzieren, um den Blutzuckerspiegel zu kontrollieren. Das führt zu einem neuen Teufelskreis: Dein Körper produziert immer mehr Insulin, aber deine Zellen nehmen immer weniger Zucker auf. Das heißt: Trotz des hohen Angebots an Brennstoff kommt in den Zellen zu wenig davon an, und sie leiden Mangel. Eine völlig paradoxe Situation: Du isst und isst, aber die Zellen leiden Hunger. Und anstatt den Zucker in den Zellen zu verbrennen, wird er nun in Körperfett umgewandelt. Das ist einer der Hauptgründe, warum Menschen mit Insulinresistenz leicht zunehmen und nur schwer abnehmen."

„Das klingt ja übel."

„Genau. Und deswegen trägt die Insulinresistenz auch dazu bei, dass du ständig Heißhunger hast, besonders auf zucker- und kohlenhydratreiche Lebensmittel. Und je mehr du davon isst, desto schlimmer wird das Problem. Gleichzeitig kann dein Körper das Fett, das er speichert, nicht richtig abbauen, weil der hohe Insulinspiegel den Fettabbau blockiert."

„Und was passiert, wenn man nichts dagegen unternimmt?"

„Wenn Insulinresistenz unbehandelt bleibt, kann sie neben Übergewicht zu ernsthaften Gesundheitsproblemen führen. Am bekanntesten ist Typ-2-Diabetes. Das ist praktisch der nächste Schritt, wenn deine Bauchspeicheldrüse irgendwann so erschöpft ist, dass sie nicht mehr genug Insulin produzieren kann, um den Blutzuckerspiegel zu kontrollieren.

Aber auch Herz-Kreislauf-Erkrankungen, Bluthochdruck und eine Fettleber können die Folgen sein."

„Oje, oje."

„Aber die gute Nachricht ist, dass du eine Menge dagegen tun kannst, bevor es so weit kommt."

„Was konkret?"

„Naja, vor allem durch eine Änderung deiner Ernährungsgewohnheiten. Am besten ist es, die Ernährung auf Low Carb umzustellen. Dabei reduzierst du die Menge an Kohlenhydraten, die du zu dir nimmst, und ersetzt sie durch Proteine und gesunde Fette."

„Verstehe. Und was für Lebensmittel kommen da in Frage?"

„Naja, eben viel Gemüse, Obst bitte in Maßen wegen des Fruchtzuckers, und dazu dann reichlich mageres Fleisch, Fisch, Magerquark, magerer Joghurt, Eier -"

„Moment mal!", unterbrach ihn Jonas. „Das ist ja dann mal gar nichts für Vegetarier, geschweige denn für Veganer."

„Für die gibt es Alternativen: Zum Beispiel Tofu oder Tempeh, also Produkte, die aus Soja hergestellt werden, Seitan, das aus Weizen gemacht wird, dann Produkte aus Lupinenbohnen. Überhaupt kommen viele Hülsenfrüchte in Frage wie Linsen, besonders rote Linsen, aber auch Erbsen. Allerdings sind Hülsenfrüchte auch wieder etwas schwierig, weil sie neben Protein auch viele Kohlenhydrate enthalten. Sie sollten deswegen also nur in sehr überschaubaren Mengen gegessen werden. Überhaupt muss man sagen, dass Veganer, die Low Carb machen wollen, besonders aufpassen müssen, weil sie üblicherweise vermehrt Getreide, Reis, Kartoffeln und ähnliche stärkehaltige Lebensmittel essen. Deshalb sind sie besonders herausgefordert mit Low Carb und haben nicht ganz so viele Optionen."

„Verstehe. Aber öfter mal Tofu und Co. zu essen kann ja gar nicht so verkehrt sein, auch für Nicht-Vegetarier."

„Das stimmt. Wie auch immer: Low Carb wird deinem Körper ganz bestimmt gut tun, denn dadurch stabilisiert sich dein Blutzuckerspiegel, und dein Körper schüttet weniger Insulin aus. Das führt dazu, dass du weniger Heißhungerattacken bekommst und dein Körper besser in der Lage ist, Fett zu verbrennen. Und so kannst du den Prozess der fortschreitenden Insulin-Resistenz umkehren und dafür sorgen, dass sich der Insulin-Stoffwechsel wieder normalisiert. Bewegung spielt ebenfalls eine große Rolle, weil sie deine Zellen wieder empfindlicher für Insulin macht."

„Wow... das ist ja echt krass. Und ich muss sagen, das motiviert mich wirklich. Ich wusste zwar, dass Zucker und Kohlenhydrate nicht ideal sind, aber dass es so weitreichende Auswirkungen hat... Das war mir nicht klar."

„Tja, leidet ist es so", sagte Alex und sah ihn eindringlich an: „Weißt du, Low Carb – das klingt für viele Leute wie irgendeine beliebige Lifestyle-Diät. In Wahrheit aber ist Low Carb die Rückkehr zu einer ursprünglichen, natürlichen, vorindustriellen Ernährung. Unsere Vorfahren hatten bei ihrer Ernährung einen viel kleineren Anteil an Kohlenhydraten, und davon waren null Prozent hochgezüchtet, hochverarbeitet oder industriell hergestellt, ganz im Gegensatz zu unserer Ernährung."

„Interessant!"

„Finde ich auch. Und eins finde ich ebenfalls wichtig zu bedenken: Es geht bei einer gesunden Lebensweise nicht nur um das Gewicht und das Aussehen, sondern es geht um deine gesamte Gesundheit und dein körperliches und psychisches Wohlbefinden. Und je früher du etwas dafür tust, desto besser. Du tust dir damit wirklich etwas Gutes."

„Das klingt wirklich vielversprechend", sagte Jonas. „Aber es gibt dabei einen Haken, und zwar einen ziemlich großen: Ich stelle es mir wirklich extrem schwierig vor, auf all die leckeren Sachen zu verzichten..."

„Es kann anfangs eine Herausforderung sein", gab Alex zu. „Aber der Körper und die Psyche gewöhnen sich an die neue Ernährung. Denk an die Lok und an das Prinzip des Momentum. Irgendwann ist es normal, und es fällt dir leicht, dich gesund zu ernähren."

„Wenn du das sagst..."

„Ja! Und es gibt viele Alternativen und Rezepte, die dir helfen können, dich an eine Low-Carb-Lebensweise zu gewöhnen. Es geht nicht darum, alle Kohlenhydrate radikal zu verteufeln, sondern die Aufnahme von Zucker und verarbeiteten Kohlenhydraten stark zu reduzieren und stattdessen komplexe Kohlenhydrate wie Gemüse und Vollkornprodukte zu bevorzugen."

„Hast du das auch gemacht?“ fragte Jonas.

„Ja. Ich ersetze Weißbrot durch Vollkornbrot, und esse davon nur noch sehr wenig. Statt Nudeln esse ich Gemüsenudeln, und Süßigkeiten ersetze ich durch Nüsse und Beeren. Das hilft mir nicht nur, Gewicht zu verlieren, sondern ich fühle mich auch viel energiegeladener und gesünder.“

„Wie lange hat es gedauert, bis du die ersten Ergebnisse gesehen hast?“ wollte Jonas wissen.

„Nach ein, zwei Wochen bemerkte ich bereits Veränderungen“, antwortete Alex. „Ich hatte weniger Heißhungerattacken, fühlte mich länger satt und verlor langsam an Gewicht. Es war kein schneller Prozess, aber ein nachhaltiger. Die Kombination aus geänderten Essgewohnheiten und regelmäßiger Bewegung machte einen riesigen Unterschied.“

Jonas nickte. „Das klingt wirklich machbar. Trotzdem... Ich weiß nicht, ob ich auf die Dauer auf Pizza, Pasta, Pommes oder Kuchen verzichten könnte.“

„Niemand kann das. Oder zumindest die meisten nicht. Deswegen erlaube ich mir einmal die Woche einen Cheatday, also einen Schummeltag, an dem ich mir auch mal was Leckeres gönne.“

„Und das funktioniert?“

„Auf jeden Fall! Also, in der ersten Umgewöhnungszeit würde ich das nicht empfehlen. Da ist die Gefahr noch zu groß, in alte Muster zurückzufallen. Aber sobald du dich sicher fühlst und die neuen Gewohnheiten sich festgesetzt haben, dann ist das völlig okay. Man muss nur konsequent sein und sich den Cheatday wirklich höchstens ein-, zweimal in der Woche gönnen. Wenn man das jeden Tag macht, bringt es eher wenig."

Jonas lachte.

„Um es auf den Punkt zu bringen: Ich nenne meine Ernährungsweise 'Low Carb mit Cheatdays'. Und von allen Methoden zum Schlankwerden, die ich in meinem Leben ausprobiert habe, war dies die mit Abstand erfolgreichste und nachhaltigste."

„Wow! Jedenfalls bin ich echt beeindruckt, was du geschafft hast!"

„Ich bin mir sicher, dass du es auch schaffen kannst", sagte Alex. „Es geht darum, überschaubare Veränderungen vorzunehmen und konsequent dabei zu bleiben, bis eine Gewohnheit draus geworden ist. Und dann läuft die Maschine wie von selbst. Der Schlüssel ist, geduldig zu sein und nicht aufzugeben, selbst wenn es in der ersten Zeit Rückschläge gibt. Nach einer Weile spielen sich die neuen Gewohnheiten ein, und dann wird es einfach."

„Wow, langsam glaube ich wirklich, dass es funktionieren könnte", lachte Jonas. „Danke für deinen kompetenten Input!"

Er hob sein Glas, und die beiden stießen an.

„Und ich danke Dir!", erwiderte Alex.

„Was ist eigentlich mit Alkohol?", fragte Jonas.

„Um es kurz zu machen: Alkohol ist meiner Ansicht nach okay, wenn man ihn in Maßen genießt. Am besten nur ein- oder zweimal die Woche, und dann bitte nicht bis zum Umfallen, sondern in einem vernünftigen Rahmen."

„Okay. Ich hatte es befürchtet."

„Übrigens gibt es da ganz aktuell eine neue Empfehlung der DGE."

„Der was?"

„Der deutschen Gesellschaft für Ernährung. Bisher lautete ihre Einschätzung, dass Alkohol in kleinen Mengen unbedenklich sei – oder sogar positive Wirkungen haben könnte."

„Ja, genau, das habe ich mal gehört."

„Aber das wurde vor Kurzem aufgrund von neuen wissenschaftlichen Erkenntnissen revidiert. Die neue Ansage lautet: Alkohol ist immer schädlich, bereits in kleinen Mengen."

„Wirklich?"

„Ja, tatsächlich. Ich für meinen Teil halte mich an die alte Empfehlung und genieße Alkohol in sehr kleinen Mengen."

„Finde ich gut. Darauf einen großen Schluck!", lachte Jonas, und sie stießen ein weiteres Mal an.

8

Inspiriert und voller Zuversicht startete Jonas in den folgenden Tag. Er begann sein neues Projekt, indem er sämtliche Süßigkeiten und kohlenhydratreichen Lebensmittel wie Brot, Cornflakes und Zucker aus seinen Schränken holte und an die Nachbarn verteilte. Die wunderten sich nicht schlecht, und als er ihnen den Grund erklärte, wünschten sie ihm viel Erfolg für sein Vorhaben.

Im nächsten Schritt besorgte Jonas sich im Internet eine Liste mit Low-Carb-geeigneten Lebensmitteln und erstellte mit ihrer Hilfe einen Ernährungsplan für die nächsten Tage. Sodann schnappte er sich den Autoschlüssel und machte sich auf den Weg zu seinem Mégane, der vor dem Wohnhaus geparkt war. Er setzte sich ans Steuer, startete und fuhr los in Richtung Supermarkt.

Dort angekommen griff er sich einen Einkaufswagen und begann seinen Rundgang durch die Gänge. Zunächst steuerte er die Gemüseabteilung an. Die Regale waren prall gefüllt mit frischem Gemüse aller Art. Jonas nahm einige Paprika, Zucchini, Brokkoli und Spinat.

Weiter ging es zu den Obstständen. Hier entschied sich Jonas für Beeren – Himbeeren, Erdbeeren und Blaubeeren. Diese Früchte hatten im Vergleich zu anderen Obstsorten weniger Zucker, waren ballaststoffreich und passten gut in eine Low-Carb-Diät.

In der Fleisch- und Fischabteilung wählte er Hähnchenbrust, Rindfleisch und Lachs. Jonas erinnerte sich, wie Alex ihm erzählt hatte, dass Proteine eine wichtige Rolle in der Ernährung spielten und ihm halfen, sich länger satt zu fühlen.

Danach steuerte er die Regale mit Milchprodukten an. Hier entschied er sich für fettarmen Joghurt und Hüttenkäse. Beide Produkte waren reich an Proteinen, hatten wenig ungünstige tierische Fette und passten gut in seine neuen Ernährungspläne. Auch eine Packung Eier wanderte in den Einkaufswagen – vielseitig verwendbar und eine gute Proteinquelle.

Während er durch die Gänge schlenderte, spürte er ein zunehmendes Hochgefühl in sich aufsteigen. Sein neues, besseres Leben hatte begonnen, und das tat unbeschreiblich gut. Nachdem er alles beisammen hatte, ging er zur Kasse und begann, seine Waren aufs Band zu legen. Sogleich bemerkte er die Kassiererin, die ihn das letzte Mal so missbilligend angesehen hatte. Jonas spürte eine spitzbübische Freude in sich aufsteigen. Ob sie ihn wiedererkennen würde?

Kurz darauf waren seine Sachen an der Reihe. Die Kassiererin scannte die Artikel, und Jonas lud sie in seine Einkaufstaschen. Schließlich sagte sie den Preis an und sah zu ihm hoch. In diesem Moment schien sie ihn wiederzuerkennen, denn ein gewisser verdutzter Ausdruck malte sich in ihr Gesicht. Im nächsten Moment schaute sie auf seine gefüllten Einkaufstaschen, und mit einem Hochgefühl nahm er deutlich wahr, was sie in diesem Moment offensichtlich dachte. Sie lächelte ihn an, dann nahm sie das Geld entgegen.

Zwar hatte sie nichts gesagt, aber ihre stumme Reaktion genügte ihm. Ohne Frage war ihr nicht entgangen, was hier passiert war. Mit vor Stolz geschwellter Brust brachte er seinen Einkauf zum Auto und fuhr heim.

Dort angekommen, trug er die Taschen in seine Küche und packte sie aus. Nachdem alles seinen Platz gefunden hatte, atmete er tief durch und genoss dieses wohltuende Gefühl des Neuanfangs.

Einen Moment lang überlegte er, was er nun anstellen sollte und war schon kurz davor, sich aus alter Gewohnheit an den PC zu setzen, doch dann ermahnte er sich, dass das keine gute Idee war und beschloss stattdessen, seine neue Gewohnheit zu festigen, wieder einen Spaziergang zu machen und dabei das Hörbuch weiterzuhören. Er schnappte sich seine Kopfhörer, setzte sich in seinen Mégane und fuhr zum Mainufer. Dort fand er einen Parkplatz unter einem schattenspendenden Baum, der eine angenehme Kühle bot. Der Baum stand in voller Blüte und wiegte seine grünen Blätter sanft im Wind hin und her.

Er stellte den Motor ab und stieg aus dem Auto. Vor ihm strömte der Main, ruhig und majestätisch. Das Wasser glitzerte in der Sonne, als ob tausende kleine Diamanten auf der Oberfläche tanzten.

Das Mainufer war ein beliebter Ort für Spaziergänger, Jogger und Radfahrer. Der Weg schlängelte sich entlang des Flusses und bot eine herrliche Aussicht auf die Skyline von Frankfurt. Auf der einen Seite sah man moderne Hochhäuser, auf der anderen Seite erstreckten sich grüne Wiesen und Bäume, die im Wind raschelten.

Jonas setzte seine Kopfhörer auf und startete das Hörbuch „Die Macht der Gewohnheit" von Charles Duhigg. Der Sprecher erklärte das Konzept der so genannten Schlüssel-Gewohnheiten. Diese Gewohnheiten, so erfuhr Jonas, hatten die Kraft, eine Kaskade positiver Veränderungen auszulösen. Ein Beispiel dafür war regelmäßiger Sport. Wenn man sich dazu verpflichtete, regelmäßig zu trainieren, wirkte sich das oft auch positiv auf andere Bereiche des Lebens aus, wie die Ernährung und den Schlaf.

Jonas dachte darüber nach, wie er seine eigenen Schlüssel-Gewohnheiten entwickeln könnte. Mit seinen täglichen Spaziergängen hatte er einen guten Anfang gemacht, und er spürte schon jetzt, wie wohltuend sich das auf sein ganzes Körpergefühl und seine Stimmung auswirkte. Er hatte weniger Rückenschmerzen und schlief tatsächlich auch besser. Offenbar war tägliches Spazierengehen eine wirkungsvolle Schlüssel-Gewohnheit für ihn.

Er ging weiter den Weg entlang und genoss die Aussicht auf den Fluss. Während er der Stimme des Sprechers zuhörte, stieß er auf einen weiteren Gedanken, der bei ihm Eindruck hinterließ: Der Erzähler erklärte, dass die Willenskraft wie ein Muskel sei, der durch kontinuierliche Anstrengung gestärkt werden konnte. Jonas verstand, dass jede Entscheidung, eine neue, positive Gewohnheit zu etablieren, seine Willenskraft stärkte. Je öfter er diese neuen Routinen durchführte, desto einfacher würde es werden.

Als Jonas schließlich in seine Wohnung zurückkehrte, fühlte er sich inspiriert und motiviert, aber zugleich auch ein wenig erschöpft vom vielen Laufen und Lauschen. Zufrieden mit dem, was er heute erreicht hatte, beschloss er, sich ein kleines Nickerchen zu gönnen.

Er ging ins Wohnzimmer, legte sich auf das Sofa, und mit einem Lächeln auf den Lippen driftete er langsam in den Schlaf.

Eine gute Stunde später erwachte er und spürte in sich eine irritierende innere Unruhe. Die angenehme Müdigkeit war verschwunden und einem nagenden Gefühl im Magen gewichen. Er hatte von saftigen Brownies geträumt, und der Gedanke daran ließ ihn nicht wieder los. Er konnte die leckeren Biester förmlich riechen. In seiner Vorstellung lagen sie auf einem eleganten weißen Teller, die perfekte Menge an glänzendem, dunklem Schokoladenguss obendrauf. Sie waren warm, gerade frisch aus dem Ofen, der Schokoladenguss war so reichhaltig und verlockend, dass er im Licht glänzte. Das Verlangen nach etwas Süßem war überwältigend, und er wusste, dass er diesem Drang nicht so leicht entkommen würde.

Er setzte sich auf dem Sofa auf, rieb sich die Augen und überlegte, was er jetzt tun könnte, um sich abzulenken. Zuerst dachte er daran, seine neu gewonnenen Erkenntnisse anzuwenden und einen Spaziergang zu machen. Doch das schien ihm keine verlockende Option zu sein. Seine Beine taten weh, und er hatte keine Lust, noch einmal hinauszugehen.

„Was fange ich mit diesem Nachmittag an?", fragte er sich gequält und stand langsam auf. Er ging in die Küche und öffnete den Kühlschrank, in der Hoffnung, dass ihn die gesunden Lebensmittel, die er eingekauft hatte, irgendwie ansprechen würden. Doch der Anblick von Gemüse und magerem Fleisch frustrierte ihn zutiefst und erzeugte nur noch mehr Lust auf Süßes.

Jonas schloss den Kühlschrank wieder und seufzte. Er wusste, dass er sich ablenken musste. Mit einem Mal kam ihm die Idee, sich mit einem PC-Spiel abzulenken. Keine ausgesprochen glorreiche Idee, das war ihm schon klar, aber dann er versprach sich selbst, nur eine Stunde zu spielen, nur um diesen Heißhunger zu vergessen. Und bei dem Gedanken ans Zocken packte ihn eine freudige Erregung.

„Ach, was solls!“, sagte er sich schließlich. „Ich habe heute schon genug geleistet. Eine kleine Belohnung muss auch mal erlaubt sein!“

Und so ging er in sein Arbeitszimmer und setzte sich an den Computer. Er schaltete den Computer ein und startete sein Spiel. Die vertraute Melodie und die leuchtenden Farben auf dem Bildschirm boten eine sofortige, wenn auch flüchtige Ablenkung. Er fühlte sich schuldig, doch das Verlangen nach Süßem und die Unruhe in ihm drängten ihn weiterzumachen.

„Nur eine Stunde“, murmelte er vor sich hin, setzte sein VR-Headset auf und versank dann in der virtuellen Welt. Die spektakulären Grafiken und die packenden Herausforderungen im Spiel hielten ihn gefangen, und für einen Moment vergaß er tatsächlich seinen Heißhunger.

Als er nach einer Weile auf die Uhr sah, wurde ihm bewusst, dass er schon über drei Stunden gezockt hatte. Erneute Schuldgefühle packten ihn, und ihm wurde klar, dass es ein fataler Fehler gewesen war, sich auf diese Weise abzulenken.

Nachdem er das Spiel beendet hatte, blieb er eine Weile im Dunkeln sitzen. Die Stille seines Arbeitszimmers wurde nur durch das leise Rattern des Computers unterbrochen. „Den Tag habe ich mal gründlich vermasselt“, dachte er zerknirscht. Dabei hatte er so gut angefangen... Doch anstatt aufzustehen und den Tag auf irgendeine gesunde Art abzuschließen, spürte er ein unbändiges Verlangen, seine Schuldgefühle mit einer weiteren Runde am PC zu verdrängen.

„Jetzt ist doch eh alles egal...“, murmelte er zu sich selbst und startete das Spiel erneut. Die virtuellen Herausforderungen nahmen ihn wieder gefangen – aber nur so halb, denn mit einem Mal spürte er, wie das Verlangen nach Brownies sich aufs Neue in ihm breitmachte. Was zur Hölle stimmte nicht mit ihm?!, fragte er sich gequält. Doch der Impuls, sich einfach in sein Auto zu setzen und sich an der Tankstelle etwas Süßes zu holen, wurde immer stärker.

„Ich habe doch schon so viel erreicht“, dachte er. „Eine kleine Sünde wird nicht gleich alles ruinieren. Und hatte Alex nicht gesagt, dass man sich auch mal einen Cheatday gönnen sollte?“

Diese Gedanken waren wie Balsam für seine gequälte Seele. „Ich werde morgen wieder anfangen. Heute gönne ich mir einfach nochmal etwas.“

Schließlich stand er auf, griff sich sie Autoschlüssel, und schon wenige Minuten später parkte er seinen Wagen an der Tankstelle und stieg aus. Jeder Schritt fühlte sich an wie ein weiterer Schritt in Richtung Niederlage, doch er konnte nicht anders. Er wusste, dass er diesen Kampf verloren hatte. Und so betrat er den hell erleuchteten Verkaufsraum. Das grelle Licht und die Reihen von Süßigkeiten und

Snacks empfingen ihn mit offenen Armen. Er ging direkt zum Regal mit Fertigbackwaren, fand sofort verlockend aussehenden Brownies, griff nach einer Packung, überlegte kurz und nahm sich dann noch eine weitere.

Unweit der Brownies standen auch Dosen mit Longdrinks – eine perfekte Ergänzung zu seiner geplanten Sünde. Ohne lang zu überlegen, nahm er drei Dosen mit und ging zur Kasse. Auf dem Weg dorthin entdeckte er Tetrapacks mit Vanillesauce. Die würde perfekt zu den Brownies passen, fand er, und griff sich eine Packung.

Der junge Typ an der Kasse lächelte ihn an:

„Kleine Soloparty?“, fragte er, und seinem Ton nach war das offensichtlich keineswegs bösartig gemeint. Dennoch reagierte Jonas gereizt:

„Whatever“, stieß er hervor, zahlte und machte sich aus dem Staub. Zuhause angekommen bereitete er sich einen großen Teller Brownies mit Vanillesauce zu, öffnete eine Longdrink-Dose und setzte sich damit wieder an seinen Computer...

9

Als Jonas sich am nächsten Tag auf den Weg zur Physiotherapie machte, fühlte er sich zerknirscht und beschämt. Die Gedanken an die Fress-Orgie vom Vorabend nagten an ihm. Er wusste, dass er Alex enttäuschen würde, wenn er davon erzählte, und würde sich hüten, das auch nur zu erwähnen.

Alex wartete bereits im Behandlungsraum:

„Guten Morgen, Jonas“, begrüßte er ihn mit einem Lächeln. „Wie geht es dir heute?“

„Gut“, murmelte Jonas, vermied dabei jedoch den direkten Blickkontakt.

Alex musterte ihn einen Moment lang.

„Bist du sicher? Du wirkst niedergeschlagen.“

„Ja, geht schon.“

„Jonas, du weißt, dass du mir alles erzählen kannst. Was ist los?“

Jonas seufzte tief und sah schließlich zu Alex auf. „Ich hatte einen Rückfall. Gestern Abend. Ich... ich habe wieder gezockt und bin zur Tankstelle gefahren, um Brownies und Longdrinks zu kaufen. Ich weiß, dass es falsch war, aber ich konnte einfach nicht anders. Ich war wie fremdgesteuert.“

Alex nickte verständnisvoll. „Das passiert, Jonas. Rückfälle sind ein Teil des Prozesses. Es ist ganz einfach nur wichtig, dass du dich davon nicht entmutigen lässt. Du solltest diesen Rückfall lieber gründlich analysieren und herausfinden, was genau schiefgelaufen ist – und daraus lernen.“

Jonas war dankbar für die verständnisvolle Reaktion:

„Ist dir ist das auch passiert?“

„Ja klar, einige Male“, antwortete Alex. „Vor allem in der ersten Zeit. Jeder hat solche Momente. Das Wichtigste ist, dass du wirklich aus deinen Fehlern lernst. Rückfälle sind eine Chance, dir bewusst zu machen, was du besser machen kannst.“

Jonas nickte.

„Lass uns doch während der Rückenübungen darüber sprechen. So kannst du dich gleichzeitig körperlich und mental stärken. Was meinst du?"

„Klingt gut."

Alex wies Jonas an, sich auf die Matte zu legen und zeigte ihm die ersten Dehnübungen. Während Jonas die Bewegungen nachmachte, stellte Alex ihm gezielte Fragen.

„Erzähl mir, was genau passiert ist. Wann hast du angefangen, dich unruhig zu fühlen?"

„Der Tag hatte eigentlich gut angefangen. Ich habe gesunde Sachen eingekauft, gekocht, war spazieren... Und dann habe ich ein Nickerchen gemacht. Ich bin aufgewacht und hatte sofort dieses Verlangen nach etwas Süßem. Ich habe von Brownies geträumt und konnte die Gedanken nicht loswerden."

„Was hast du dann gemacht?" fragte Alex weiter.

„Ich habe überlegt, spazieren zu gehen, aber darauf hatte ich keine Lust. Ich war ja schon den Vormittag auf den Füßen gewesen. Schließlich habe ich beschlossen, ein PC-Spiel zu spielen, um das Verlangen zu verdrängen", erklärte Jonas, während er seine Übungen fortsetzte.

„Und wie hast du dich dabei gefühlt?" fragte Alex.

„Zuerst schuldig, aber dann habe ich mir eingeredet, dass es okay ist. Dass ich nur eine Stunde spielen würde, um mich abzulenken. Aber es wurde immer mehr, und irgendwann war ich völlig resigniert und dachte: 'Jetzt ist eh alles egal'. Ich bin ich zur Tankstelle gefahren und habe Brownies und Longdrinks geholt."

„Verstehe“, sagte Alex. „Du hast also versucht, das Verlangen zu unterdrücken, anstatt es zu akzeptieren und zu verstehen. Und das ausgerechnet mit einer anderen deiner schlechten Angewohnheiten.“

„Ich weiß...“

„Das ist eine wichtige Erkenntnis. Wenn du das nächste Mal dieses Verlangen spürst, was könntest du anders machen?“

„Ich verstehe schon. Ich sollte versuchen, es zu akzeptieren und zu hinterfragen. Warum habe ich dieses Verlangen? Was steckt wirklich dahinter?“

„Genau“, stimmte Alex zu. „Manchmal hilft es, das Verlangen einfach anzuerkennen und sich zu fragen, warum es da ist. Oft steckt etwas Tieferes dahinter, wie Stress oder emotionale Unruhe. Und anstatt direkt zu den ungesunden Bewältigungsmechanismen zu greifen, könntest du versuchen, eine gesündere Alternative zu finden. Ich glaube, was du brauchst, ist eine konkrete Bewältigungsstrategie gegen Verlangen.“

„Was genau meinst du damit?“

„Vielleicht solltest du dich in einem ruhigen Moment mal hinsetzen und dir eine Liste machen mit Beschäftigungen, mit denen du dich auf gesunde Art vom Verlangen ablenken kannst. Spazierengehen ist gut und wichtig, aber offensichtlich brauchst du noch mehr Optionen.“

„Ja. Das klingt richtig.“

Nachdem sie die Übungen beendet hatten, fasste Alex zusammen:

„Mach dir keinen Kopf wegen gestern, Jonas. Rückfälle sind völlig normal. Denk daran, dass jeder Tag eine neue Chance ist, es besser zu machen."

Jonas nickte.

„Okay, die Stunde ist schon wieder um. Geht es deinem Rücken besser?"

„Ja, auf jeden Fall."

„Das freut mich. Sag mal, wollen wir heute Abend vielleicht wieder was trinken gehen?"

„Gerne!"

Abends stand Jonas vor der „Metro Lounge" und blickte auf die Uhr. Alex verspätete sich. Jonas steckte die Hände in die Taschen und lief ein wenig auf und ab. Ein paar Minuten darauf sah er Alex, der eilig auf ihn zukam. Er sah abgehetzt aus und entschuldigte sich schon aus der Ferne:

„Sorry, Jonas, ich musste noch was Dringendes erledigen."

Jonas lächelte und winkte ab:

„Kein Problem. Hauptsache, du bist da. Lass uns reingehen."

Sie betraten die Bar, und sofort umfing sie die angenehme Wärme und der aufmunternde Sound der Musik. Jonas und Alex fanden einen freien Tisch in einer Ecke und setzten sich. Eine freundliche Kellnerin kam auf sie zu. „Was darf es sein?"

Wie beim letzten Mal bestellten die zwei Gin Tonics. Als die Drinks kamen, hoben sie ihre Gläser und stießen an:

„Auf bessere Tage", sagte Alex mit einem leicht gequälten Lächeln, und nachdem sie einen Schluck getrunken hatte, fragte er: „Wie gehts deinem Rücken?"

„Viel besser, danke", antwortete Jonas. „Deine Übungen helfen wirklich."

„Dafür bin ich da."

„Und bei dir? Wie läuft es mit dir und Michelle?"

Alex ächzte

„Oh, Mann, Jonas… Sie ist heute wieder in die Praxis gekommen und hat genervt. Das übliche Drama. Meine Mitarbeiter machen sich schon lustig über mich."

„Das klingt echt anstrengend. Darf ich mal ganz ehrlich sein? Du siehst wirklich erschöpft aus, Alex."

„Ja, ich weiß. Und zum Beziehungsstress kommt auch noch die viele Arbeit. Manchmal habe ich das Gefühl, ich funktioniere nur noch wie eine Maschine. Aber weißt du, in der Praxis ist immer irgendwas. Dauernd sind Leute krank, und ich muss ihre Stunden übernehmen. Eigentlich war mal mein Plan, dass meine Mitarbeiter die Behandlungen übernehmen und ich mich Stück für Stück rausziehen kann. Aber Fehlanzeige! Abgesehen davon, dass ständig jemand ausfällt, bin ich mir auch nicht ganz sicher, ob ich mich hundertprozentig auf meine Leute verlassen kann."

Jonas nickte nachdenklich:

„Wann hast du das letzte Mal Urlaub gehabt?"

Alex lachte kurz und bitter:

„Urlaub? Das ist lange her. Bestimmt zwei Jahre."

„Zwei Jahre? Wow! Das ist ganz schön zu lange. Man muss sich doch auch mal erholen."

Alex zuckte die Schultern:

„Es gibt immer so viel zu tun in der Praxis. Ich kann es mir einfach nicht leisten, wegzugehen."

„Weil du dich nicht auf deine Leute verlassen kannst?"

„Ja, hauptsächlich deswegen."

„Und was bringt dich auf diesen Gedanken?"

„Ach... ich habe immer den Eindruck, man muss den Leuten ständig aufs Neue erklären, wie die Sachen gehen. Die machen so viele Fehler."

„Naja", erwiderte Jonas. „Niemand ist perfekt. Was für Fehler machen die denn?"

„Alles Mögliche." Er nannte einige Beispiele.

„Das klingt für mich jetzt nicht wie Fehler, die dramatische Folgen hätten."

„Kann sein. Aber ich habe eben einen hohen Anspruch."

„So könnte man das nennen. Oder man nennt es ganz einfach Perfektionismus."

Alex stöhnte:

„Ja, das hat mein Therapeut damals auch mal gesagt, dass ich Perfektionist bin. Ich weiß, dass ich mehr Aufgaben delegieren sollte, aber es fällt mir schwer. Ich habe immer das Gefühl, dass ich alles selbst machen muss, weil ich sicherstellen will, dass es richtig gemacht wird."

„Kontrollzwang?", fragte Jonas vorsichtig.

„Ja, vielleicht", gab Alex zu.

„Auf lange Sicht ist das nicht gesund. Du brauchst Pausen und Zeit für dich selbst. Sonst wirst du irgendwann zusammenbrechen."

„Ich weiß, du hast Recht", sagte Alex und rieb sich die Schläfen. „Aber es ist leichter gesagt als getan. Die Praxis ist mein Lebenswerk, und ich will das nicht vermasseln."

„Das verstehe ich gut. Der Punkt ist nur: Deine Praxis wird nicht gleich den Bach runter gehen, wenn du mal drei Wochen Urlaub machst. Im Gegenteil: Wenn du erstmal einen Burnout hast und nicht mehr arbeiten kannst, dann geht wirklich alles den Bach runter."

„Vielleicht hast du Recht...", sagte Alex. „Jedenfalls finde ich es irgendwie gut, wie wir uns gegenseitig coachen."

„Ja, finde ich auch. Ab jetzt wird alles besser!"

Doch damit hatte Jonas sich geirrt. Die nächsten Tage waren für ihn ein bitterer Rückschlag. Allen guten Vorsätzen zum Trotz fiel es ihm schwer, seine neuen Gewohnheiten zu etablieren. Im Gegenteil: Es dauerte nicht lang, und er fand sich vorm Computer wieder, während sich auf seinem Schreibtisch leere Verpackungen von Snacks und Fast Food türmten. Die Motivation, die er nach den Gesprächen mit Alex verspürt hatte, schien wie weggeblasen.

In den Nächten lag er wach und grübelte über seine verpfuschten Tage nach. Er fühlte sich frustriert und enttäuscht über seinen eklatanten Mangel an Selbstdisziplin.

An einem Abend, als er wieder einmal in sein Spiel vertieft war, klingelte das Telefon. Es war Alex.

„Hey Jonas, ich hoffe, ich störe dich nicht."

„Nein, nicht wirklich", gab Jonas zurück, froh, eine Ablenkung zu haben. „Was gibts?"

„Ich habe über unser letztes Gespräch nachgedacht. Und weißt du was? Du hattest Recht. Ich bin wirklich urlaubsreif. Und ich denke, es ist höchste Zeit, dass ich eine Auszeit nehme."

„Das klingt nach einer guten Entscheidung", sagte Jonas.

„Ja, und ich habe einen Anschlag auf dich vor."

„Oh. Und was?"

„Ich will dich fragen, ob du nicht Lust hättest, mich zu begleiten", verkündete Alex. „Ich plane, drei Wochen irgendwo ans Mittelmeer zu fliegen, und es wäre großartig, wenn du mitkommst."

„Wow, das klingt verlockend, Alex. Aber ehrlich gesagt... meine finanzielle Situation ist im Moment etwas schwierig. Ich weiß nicht, ob ich mir das leisten kann."

„Mach dir darüber keine Sorgen", entgegnete Alex sofort. „Ich möchte dir gerne einen Deal vorschlagen."

„Was meinst du?", fragte Jonas neugierig.

„Na, du bist doch Webdesigner, oder? Meine Praxis könnte dringend eine neue Website gebrauchen. Ich schlage vor, dass ich dich auf die Reise einlade und du mir im Gegenzug eine neue Webseite designst. Was meinst du?"

Jonas überlegte einen Moment. „Das klingt mehr als fair“, sagte er schließlich. „Ich schätze, ich könnte auch mal Abstand von allem gebrauchen.“

„Perfekt“, sagte Alex erleichtert. „Lass uns die Zeit nutzen, um uns weiter gegenseitig zu coachen. Ich helfe dir dabei, deine neuen Gewohnheiten umzusetzen, und du unterstützt mich dabei, meine Probleme mit Michelle und meinem Perfektionismus in den Griff zu bekommen.“

„Das klingt großartig!“, stimmte Jonas zu. „Und wohin willst du?“

„Das klären wir noch. Ich werde das jetzt mit den Mitarbeitern organisieren, und dann können wir uns ans Buchen machen!

10

Drei Wochen später strahlte den beiden die Nachmittagssonne warm und rotgolden durch die Seitenfenster des Airbus ins Gesicht, als sie im Landeanflug auf die Insel Kos über die Ägäis glitten. Wie ein Funkenregen tanzten glitzernde Lichtreflexionen auf den Wellen, bis der Flieger schließlich mit quietschenden Reifen auf der Landebahn aufsetzte.

Der Airport „Kos Hippokrates“ war ein kleiner, aber geschäftiger Flughafen, der Reisende aus aller Welt empfing, ein schlichter moderner Bau, der sich dezent in die Landschaft einfügte. Weiße Gebäude mit blauen Dächern, typisch für die griechische Architektur, reihten sich entlang der Start- und Landebahn auf, während Palmen sanft im Wind wippten.

Beim Aussteigen wurden sie von der warmen Luft und einer ordentlichen Dosis Kerosingeruch umfangen. Sie betraten das Terminalgebäude und steuerten auf die Passkontrolle zu. Ein Lächeln lag auf den Gesichtern der Flughafenmitarbeiter, die die Neuankömmlinge mit einem herzlichen „Kalispéra!", begrüßten. Dank riesiger Glasfenster war das Gebäude hell und golden von der Abendsonne durchdrungen, die Atmosphäre freundlich und lebendig.

Nachdem sie die Passkontrolle und die Gepäckausgabe passiert hatten, verließen sie das Gebäude und traten auf den Gehweg. Eine sanfte Brise wehte angenehm lau vom Meer herüber, während Alex und Jonas auf eine Reihe von Taxen zusteuerten, wo sie sofort von einem freundlichen Fahrer angesprochen wurden.

„Kalispéra! Wohin soll es gehen?“, sagte der kleine Mann mittleren Alters lächelnd halb auf Griechisch, halb auf Englisch.

Alex nannte den Namen des Hotels unweit von Mastichari an der Nordwestküste der Insel.

„Natürlich, steigen Sie ein“, sagte der Fahrer und öffnete ihnen die Türen. Er lud ihr Gepäck in den Kofferraum, während die beiden Reisenden einstiegen.

Kurz darauf ging es los. Der Flughafen lag mitten in einem ziemlich verlassenen Landstrich, die Straße führte über sanfte Hügel, die mit Olivenhainen bedeckt waren, und durch kleine Siedlungen mit schlichten Wohnhäusern.

„Das ist wirklich wunderschön“, sagte Jonas, während er die Aussicht genoss.

„Ich glaube, wir haben den perfekten Ort für unseren Urlaub gefunden“, antwortete Alex zufrieden. „Die Insel ist schön klein und unaufgeregt, genau richtig für zwei Leute, die mal runterkommen und sich wieder einnorden wollen.“

Genau aus diesen Gründen hatten sich Alex und Jonas nach einigen Recherchen für diese Insel entschieden, aber auch, weil Kos ein ausgesprochen preiswertes Reiseziel war – und doch eine Menge zu bieten hatte. Die Insel lag unweit der türkischen Küste und war Teil des Dodekanes, einer Inselgruppe in der östlichen Ägöis, zu der rund 160 Inseln gehörten, darunter Rhodos und Patmos. Kos selbst erstreckte sich über etwa 290 Quadratkilometer, das entsprach etwa der Fläche von Malta. Mit einer Bevölkerung von rund 30.000 Einwohnern war es eine der bevölkerungsreicheren Inseln der Region. Die Hauptstadt, ebenfalls Kos genannt, war das pulsierende Herz der Insel, wo Geschichte und Moderne auf kontrastreiche und reizvolle Weise aufeinandertrafen.

Während seiner Vorbereitung auf die Reise hatte Jonas auch gelernt, wie man den Namen der Insel richtig aussprach, nämlich mit kurzem O. Kos reimte sich also auf 'Ross' und nicht auf 'Los', wie er immer gedacht hatte. Und manche Einheimische sagten offenbar sogar 'Kosch', ebenfalls mit kurzem O.

Die Insel war berühmt für ihre antiken Ruinen und historischen Stätten, die von einer reichen und vielfältigen Vergangenheit zeugten. Eine der bekanntesten Sehenswürdigkeiten war das Asklepieion, ein antikes Heiligtum, das dem Gott der Heilkunst, Asklepios, gewidmet war. Diese bedeutende archäologische Stätte zog jährlich Tausende von Besuchern an und bot einen beeindruckenden Einblick in die medizinischen Praktiken der Antike.

In der Stadt Kos konnten die Besucher das imposante Johanniterkastell bewundern, das von den Rittern des Johanniterordens im 14. Jahrhundert erbaut worden war. Die Festung dominierte den Hafen und bot eine spektakuläre Aussicht auf das Meer und die umliegenden Landschaften. Kos war auch als Geburtsort des antiken Mediziners Hippokrates bekannt, dem Urvater der modernen Medizin, der bis heute noch bekannt war für den „Hippokratischen Eid".

Neben den historischen Stätten bot Kos auch zahlreiche Naturschönheiten. Die Landschaft der Insel reichte von sanften Hügeln und fruchtbaren Tälern bis hin zu wunderschönen Stränden mit kristallklarem Wasser. Besonders beliebt waren die Strände von Kardamena, Tigaki und Kefalos, die ideale Bedingungen zum Schwimmen, Sonnenbaden und für Wassersportaktivitäten boten.

Kurz: Die Insel lockte sowohl mit sehenswerten Ausflugszielen als auch mit Natur und Ruhe zum Runterkommen.

Nach einer erstaunlich kurzen Fahrt erreichten sie ihr Hotel. Es lag idyllisch am Rande von Mastichari, nur wenige Gehminuten vom Strand entfernt. Das Hotel war eine charmante Mischung aus traditioneller griechischer Architektur und modernem Komfort. Weiße Wände, blaue Fensterläden und farbenfrohe Blumenarrangements verliehen dem Gebäude eine einladende Atmosphäre.

Der Taxifahrer half ihnen, ihr Gepäck auszuladen, und wünschte ihnen einen angenehmen Aufenthalt. „Genießen Sie Ihren Urlaub!"

„Danke", antwortete Jonas, und kurz darauf betraten sie das Hotel. Die Lobby war komfortabel und elegant zugleich eingerichtet, mit bequemen Sitzgelegenheiten und einem großen Empfangstresen, hinter dem eine freundliche Rezeptionistin stand. „Willkommen!", begrüßte sie sie lächelnd auf Englisch. „Wie kann ich Ihnen helfen?"

„Wir haben eine Reservierung", sagte Alex und nannte ihren Namen.

„Natürlich, einen Moment bitte", sagte die Rezeptionistin und überprüfte ihre Unterlagen. „Ja, alles ist vorbereitet."

Nachdem alle Formalitäten erledigt waren, erklärte sie den beiden die wichtigsten Gegebenheiten.

„Ich hoffe, Sie werden Ihren Aufenthalt genießen", schloss sie.

„Das werden wir!", lächelte Alex, und so machten sie sich auf den Weg zu ihren Zimmern.

„Wollen wir uns so in einer halben Stunde an der Rezeption treffen und dann zusammen zum Abendessen gehen?", schlug der Therapeut vor.

Jonas stimmte zu, und so steuerten sie zu ihren Zimmern, die in unterschiedlichen Etagen lagen. Über einen angenehm weichen Teppichboden ging Jonas den elegant wirkenden Hotelflur entlang. An der Zimmertür angekommen zog er die Schlüsselkarte aus seiner Tasche und schob sie in das Schloss. Die Tür schwang auf und gab den Blick frei auf ein geräumiges, modern eingerichtetes Zimmer. Die Wände waren in warmen, gemütlichen Tönen gehalten, und große Fenster ließen viel Tageslicht rein. Ein komfortables Doppelbett mit frisch bezogenen weißen Bettlaken stand im Mittelpunkt des Raumes. Rechts vom Eingang befand sich ein kleiner Schreibtisch mit einem ergonomischen Stuhl, perfekt, um in ruhigen Momenten ein wenig zu schreiben. Auf der linken Seite führte eine Tür ins Badezimmer.

Jonas trat ein und schloss die Tür. Er stellte seinen Koffer auf den Kofferständer neben dem Kleiderschrank und ließ sich aufs Bett fallen, das sich als herrlich flauschig und einladend entpuppte, und Jonas spürte, wie die Anspannung der Reise von ihm abfiel. Kaum etwas liebte er so sehr, wie ein neues Hotelzimmer in Beschlag zu nehmen, die neue, ungewohnte Umgebung in sich aufzusaugen und einem schönen, entspannten Urlaub entgegenzusehen. Er lächelte zufrieden. Es war die perfekte Unterkunft für diese drei Wochen.

Nach einer Weile stand er auf und begann, seine Sachen auszupacken, Kleidungsstücke aufzuhängen und zu verstauen und brachte schließlich seine Toilettenartikel ins Bad. Auch dieser Raum war hell und modern, mit einer großzügigen Regendusche und frischen Handtüchern, die ordentlich auf einem Regal gestapelt waren. Jonas legte seine Sachen auf das Waschbecken und betrachtete kurz sein Spiegelbild. Er wirkte müde, aber auch entschlossen. Die letzten Tage hatten an seinen Nerven gezehrt, aber jetzt fühlte er sich bereit, einen neuen Anfang zu machen.

Nachdem er sich frisch gemacht hatte, machte sich auf den Weg zur Rezeption. Dort wartete bereits Alex:

„Hey Jonas! Na, wie ist dein Zimmer?“, begrüßte er ihn mit einem Lächeln.

„Das Zimmer ist super. Und deins?“ fragte Jonas.

„Fantastisch“, antwortete Alex. „Großartig eingerichtet und sehr gemütlich. Ich freue mich mega auf die drei Wochen.“

„Ich auch“, sagte Jonas. „Lass uns zum Restaurant gehen. Ich habe einen Riesenhunger. Ich verdaue mich schon selbst.“

Lachend machten sie sich auf den Weg zum Hotel-Restaurant. Der Flur war stilvoll gestaltet, mit weichen Teppichen und dezenten Kunstwerken an den Wänden. Schließlich gingen sie durch eine große Tür, die zum Restaurant führte.

Der Speisesaal war beeindruckend. Der Innenraum war modern und elegant eingerichtet, mit bequemen weißen Stühlen und Tischen, die in großzügigen Abständen voneinander standen. Über den Tischen hingen schicke weiße Lampen, die ein angenehmes, diffuses Licht verbreiteten. Überall spielte leise Musik, die eine entspannte Atmosphäre schuf.

„Sieht toll aus", sagte Jonas und Alex nickte zustimmend.

Sie gingen weiter und traten für einen kurzen Blick auf die große Terrasse hinaus. Hier bot sich ein atemberaubender Blick aufs Meer. Die Terrasse war großzügig gestaltet, mit vielen Tischen, die unter üppigen Sonnenschirmen standen. Die Abendsonne tauchte den Himmel in ein spektakuläres Farbenspiel aus Orange, Rosa und Violett, und das sanfte Rauschen der Wellen verstärkte das Gefühl von Ruhe und Erholung.

„Hier können wir es wirklich aushalten", sagte Alex. „Lass uns zum Buffet gehen."

Das taten sie, und kaum dort angekommen blieb Jonas mit offenem Mund stehen. Vor ihnen präsentierte sich ein echtes kleines Schlaraffenland, das alles bot, was das Herz begehrte. Es gab eine Vielzahl an Salaten, frisches Gemüse, eine beeindruckende Auswahl an Fisch, Meeresfrüchten und verschiedenen Sorten Fleisch. Große Schüsseln lockten mit Pommes frites, mehreren Pastasorten und Rosmarinkartoffeln. Darüber hinaus wurden diverse griechische Spezialitäten angeboten wie Gyros, Moussaka, Souvlaki und Vieles mehr. Verschiedene Soßen und Dressings standen bereit, und dazu gab es ein eigenes riesiges Dessertbuffet mit Torten, Cremes, Puddings und anderen Sünden, die Jonas' Herz schneller schlagen ließen.

„Oh – mein – Gott!", stieß Jonas fassungslos hervor und schüttelte den Kopf. „Wie soll ich es ausgerechnet hier schaffen, meine Ernährung umzustellen? Wir haben einen fatalen Fehler gemacht!"

Alex amüsierte sich und legte ihm eine Hand auf die Schulter.

„Du wirst lachen, Jonas. Aber ich behaupte: Gerade so ein Buffet bietet dir die perfekte Gelegenheit, deine Ernährung umzustellen."

Jonas sah ihn verwirrt an:

„Du willst du mich verscheißern!"

„Aber nein! Sieh dich doch mal genau um", sagte Alex und zeigte auf die verschiedenen Speisen. „Hier gibt es eine riesige Auswahl an gesunden, leckeren Gerichten. Du kannst dich nach Herzenslust satt essen und dabei weitgehend auf Kohlenhydrate verzichten. Es gibt eine Fülle von Salaten, Gemüse, magerem Fleisch und Fisch. Die Speisen sind bestimmt mega-lecker zubereitet und stehen in unbegrenzter Menge zur Verfügung. Du musst sie nicht einmal selbst zubereiten. Das ist die perfekte Voraussetzung für eine Low-Carb-Diät."

Jonas lachte nervös:

„Du meinst das wirklich ernst, oder?!"

„Allerdings", bestätigte Alex. „Du wirst sehen, wie einfach es ist, sich gesund zu ernähren, wenn du dich auf die richtigen Speisen konzentrierst. Ein Buffet wie dieses bietet dir alle Möglichkeiten, die du brauchst, um einen gesunden Lebensstil zu pflegen, ohne dass du dich eingeschränkt fühlen musst. Und eins ist mal klar: Wenn du es hier schaffst, dann schaffst du es überall. Das ist das perfekte Trainingsgelände!"

„Und du glaubst ernsthaft, dass ich auf all diese leckeren Sachen verzichten kann, wenn ich sie jeden Tag so direkt vor Augen habe?"

„Ja. Das glaube ich."

„Verrat mir, wie das gehen soll!"

„Der Schlüssel ist, sich wirklich bewusst auf die gesunden Sachen zu konzentrieren und alles andere zu ignorieren."

„Wie soll das gehen?"

„Rate doch mal! Natürlich durch Gewohnheit!"

„Das musst du mir bitte erklären."

„Na, du musst das Ganze systematisch und schrittweise angehen. Zunächst einmal fokussierst du dich ganz bewusst voll und ganz auf das, was du essen solltest – Salat, Gemüse, Fleisch, Fisch. Alles, was viele Kohlenhydrate hat, wie Pommes, Pizza, Nudeln und Süßigkeiten, lässt du links liegen. Low Carb eben."

„Okay, aber das ist leichter gesagt als getan."

„Der Trick ist, dass du dich gar nicht erst mit den ungesunden Sachen beschäftigst", fuhr Alex fort. „Du ignorierst sie ganz bewusst. Es ist ein Fehler, sich davor zu stellen und darüber nachzudenken, wie lecker sie wohl schmecken könnten, ihre Düfte einzuatmen und sich mit ihrem appetitlichen Aussehen zu beschäftigen. Egal ob Pommes, Pizza oder Schokokuchen: Du stellst dir einfach vor, dass sie nicht existieren. Mach es dir zur klaren Regel, dass all diese Sachen für dich absolut tabu sind. Sobald du anfängst, mit dir selbst zu verhandeln, ob nicht ein halbes Stück Pizza okay wäre, wird es schon unnötig kompliziert. Denn dann fängst du an, dich in ein inneres Tauziehen zu verstricken, und du weißt vermutlich aus eigener Erfahrung, dass du dabei am Ende immer den Kürzeren ziehst.

Stattdessen machst du dir zu klaren Regel: Pizza, Pasta und Co. sind nicht erlaubt! Punkt, aus, keine Debatten! Und so kannst du alle diese inneren Kämpfe von vornherein im Keim ersticken. Es gibt da ganz einfach nichts zu diskutieren. Also spar dir die Energie und die Nerven. “

„Hmm...“

„So. Du gehst also zielstrebig auf das Salatbuffet zu und beschäftigst dich bewusst damit, wie lecker diese ganzen Sachen aussehen und wie gesund sie sind. Und damit machst dir deinen Teller voll! Dann setzt du dich hin, isst ganz in Ruhe und kaust jeden Bissen ausgiebig.“

Jonas zuckte gequält mit den Schultern.

„Danach kannst du gerne ein weiteres Mal zum Buffet gehen“, sagte Alex. „Diesmal holst du dir vielleicht gegrilltes Gemüse und vielleicht etwas Fisch oder mageres Fleisch dazu. Auch das isst du wieder in Ruhe und genießt jeden Bissen. Spätestens nach diesem Gang wirst du merken, dass der Heißhunger verschwunden ist und sich ein Sättigungsgefühl einstellt.“

„Das wage ich zu bezweifeln.“

„Probiere es aus! Tja, und du erinnerst dich ja bestimmt an das, was du im Buch von Duhigg gelesen hast: Wenn man sich eine neue Gewohnheit antrainiert, soll man sich nach der neuen Routine belohnen."

„Genau! Und deswegen hole ich mir am Ende einen großen Teller Dessert!"

Alex lachte:

„Ja, fast! Ich schlage vor, du holst dir am Ende einen kleinen Obstteller. Da drüben sehe ich einen Korb mit Bananen. Iss ruhig nach jeder solchen Mahlzeit noch ein paar frisch geschnittene Ananas- und Melonenstücke und gerne eine Banane. Das sättigt, befriedigt die Lust auf Süßes und ist somit eine perfekte Belohnung. Gerade in der Übergangsphase, wenn man auf Low Carb umstellt, helfen Bananen hervorragend gegen den Heißhunger auf Kohlenhydrate."

„Verstehe."

„Dazu trinkst du am besten eine Tasse Tee."

„Mit Zucker?"

„Besser ist Süßstoff, wenn es denn unbedingt sein muss."

„Ich dachte, Süßstoff wäre ein Nebenprodukt der Waffenindustrie und hochgradig krebserregend?!"

„Ja, diese Meinung ist weit verbreitet. Also, die meisten Ernährungsexperten sind sich einig, dass Süßstoff zwar nicht gesund ist, aber allemal besser als Zucker. Die Studien, die es zum Thema 'krebserregend' gibt, wurden mit Ratten und extrem großen Mengen an Süßstoff durchgeführt. Was Menschen betrifft, gibt es keine Anhaltspunkte, dass übliche Mengen Süßstoff krebserregend wären."

„Okay..."

„Die deutsche Gesellschaft für Ernährung jedenfalls sagt, dass Süßstoff okay ist, wenn man es damit nicht übertreibt. Daher halte ich Süßstoff als Alternative zu Zucker für akzeptabel."

„Gut. Klingt plausibel."

„Wie auch immer: Nach so einer Mahlzeit wirst du dich gesättigt und zufrieden fühlen. Und damit du gar nicht erst auf die Idee kommst, dir zur Belohnung doch noch ein Eis oder ein Stück Kuchen zu holen, solltest du aufstehen und das Restaurant verlassen."

„Und du meinst wirklich, dass das alles so funktioniert?"

„Absolut", bestätigte Alex. „Und der Clou ist: Wenn du das mehrere Mahlzeiten hintereinander machst, wird es normal und zur Gewohnheit. Es ist nichts Besonderes mehr dabei, weil du dich daran gewöhnt hast, die gesunden Optionen zu wählen und die ungesunden zu ignorieren."

„Tja... vielleicht ist da ja was dran."

„Probiere es aus! Denk immer dran: Das Ganze ist ein Prozess. Und wenn du dich auf diesen Prozess einlässt, dann wirst du merken, dass dir schon bald ganz leicht fallen wird, was dir heute noch unmöglich erscheint."

„Okay, ich werde es versuchen!"

„Na dann: Attacke!"

Gemeinsam gingen sie zum Buffet und folgten Alex' Plan. Jonas konzentrierte sich auf die Salate und das frische Gemüse, während Alex ihm half, die besten Optionen zu wählen. Zum Salat nahm Jonas ein fruchtiges Joghurtdressing. Sie füllten ihre Teller und setzten sich an einen Tisch auf der Terrasse, wo sie den herrlichen Blick aufs Meer genießen konnten.

Jonas aß langsam und bewusst, genoss jeden Bissen und musste zugeben, dass der Salat mit dem gut gewürzten, köstlichen Dressing herrlich erfrischend schmeckte.

Nach dem Salat holte er sich gegrilltes Gemüse und ein Stück gegrillten Fisch, genau wie Alex es vorgeschlagen hatte. Schließlich rundete er seine Mahlzeit mit ein paar Stücken Obst, einer Banane und einem Glas Früchtetee ab.

Als sie fertig waren, lehnte sich Jonas zufrieden zurück. „Das war wirklich gut", sagte er.

„Und? Bist du satt?"

„Ja, tatsächlich. Und ich fühle mich nicht überladen. Und es tut auch gut, nach dem Essen mal keine Schuldgefühle zu haben."

„Siehst du", lachte Alex. „Es funktioniert. Du musst nur dranbleiben und es zur Gewohnheit machen."

Jonas nickte. Schließlich fragte er:

„Warum legst du eigentlich solchen Wert darauf, gut zu kauen und sich beim Essen Zeit zu nehmen?"

„Weil das extrem dabei hilft, gesund und schlank zu werden."

„Inwiefern?"

„Naja, das gründliche Kauen ist tatsächlich ein oft unterschätzter, aber äußerst wichtiger Aspekt einer gesunden Ernährung. Wenn wir uns Zeit zum Kauen nehmen und jeden Bissen gründlich zerkleinern, unterstützen wir unseren Körper auf mehrere Arten.

Zum Einen erleichtern wir unserer Verdauung die Arbeit. Durch das Kauen wird der Speichelfluss angeregt. Dieser enthält Enzyme, die bereits im Mund mit der Zerkleinerung der Nahrung beginnen. Je gründlicher wir kauen, desto kleiner werden die Nahrungsbestandteile und desto besser können die Enzyme ihre Aufgabe erfüllen. Dies entlastet unseren Magen und ermöglicht eine effizientere Nährstoffaufnahme. Das klingt abstrakt, aber das Ergebnis ist, dass du dich fit und gesund fühlst – und nicht müde und abgeschlagen wie nach einem hektisch eingeworfenen Fastfood-Gemetzel."

„Okay..."

„Ein weiterer Vorteil des guten Kauens ist, dass es uns gründlicher satt macht. Wenn wir langsam essen und jeden Bissen bewusst genießen, senden wir unserem Gehirn Signale, dass wir ausreichend Nahrung zu uns nehmen. Dadurch wird die Produktion von Sättigungshormonen angeregt, und wir essen weniger. Zudem können wir die Aromen unserer Speisen intensiver wahrnehmen und genießen kleinere Portionen. Wenn du hingegen schnell isst und schlingst, dann hast du schon viel zu viel Nahrung in dich reingestopft, bevor sich auch nur ein Sättigungsgefühl einstellen kann."

„Okay... das klingt plausibel."

Jonas dachte über all das nach, was er heute Abend von Alex gehört hatte. Schließlich sagte er:

„Das klingt alles sehr überzeugend. Und trotzdem... Ich bin mir immer noch nicht sicher, wie ich das durchhalten soll, all diesen Leckereien zu widerstehen."

„Dafür gibt es ja noch einen Trick", erwiderte Alex schmunzelnd.

„Welchen denn?"

„Cheatdays!"

„Ach ja, davon hattest du mal gesprochen."

„Cheatdays sind ein wichtiger Teil einer gesunden Ernährung, wenn man sie richtig einsetzt. Das Problem bei einer strikten Diät ist oft, dass sie mental und emotional belastend sein kann. Du verzichtest ständig auf die Dinge, die du magst, und das kann auf Dauer schwer durchzuhalten sein."

„Ja, besonders wenn man dreimal am Tag ein fettes Buffet vor der Nase hat!"

„Genau!", lachte Alex. „Der Cheatday gibt dir die Möglichkeit, dich ausnahmsweise auch mal nicht an die strikten Regeln halten zu müssen und einfach zu genießen, was du willst."

„Aber macht das nicht alles kaputt, was man vorher erreicht hat?"

„Das denken viele, aber so ist es nicht. Die Kunst ist, den Cheatday nicht zu oft einzusetzen. Es geht darum, deinem Körper und Geist eine Pause zu gönnen. Wenn du weißt, dass du an einem bestimmten Tag alles essen kannst, worauf du Lust hast, dann fällt es dir leichter, an den anderen Tagen standhaft zu bleiben. Du kannst dir immer sagen: Der Verzicht ist nicht für immer. Und am Cheatday werde ich so richtig reinhauen und genießen – und ganz ohne schlechtes Gewissen! Das wird dich bei der Stange halten. Und das Beste daran ist, dass du nach dem Cheatday wieder motiviert bist, weiterzumachen, weil du das Gefühl hast, dir selbst etwas Gutes getan zu haben, ohne komplett vom Weg abzukommen. Er ist eine tolle Belohnung."

„Okay... klingt einleuchtend."

„Und deswegen schlage ich vor, wir machen gegen Ende des Urlaubs einen Cheatday. So hast du vorher genug Zeit, deinen Körper an Low Carb zu gewöhnen und diese Ernährungsweise zu festigen. Und am besten legen wir den Cheatday so, dass du danach noch zwei Tage lang hier mit mir wieder zur gewohnten Low-Carb-Ernährung zurückfinden kannst."

„Warum?"

„Der Tag nach dem Cheatday ist immer etwas heikel. Man hat wieder Heißhunger und muss ein bisschen mehr Willenskraft einsetzen, um nicht völlig in den alten, ungesunden Trott zurückzufallen, sondern wieder in den Low-Carb-Rhythmus zurückzufinden."

„Verstehe."

„Der Cheatday gibt dir also ein Ziel, auf das du hinarbeiten kannst. Du kannst dich darauf freuen, all die Leckereien zu genießen, die du dir sonst verkneifst. Aber weil du weißt, dass dieser Tag kommt, wirst du motivierter sein, bis dahin diszipliniert zu bleiben. Und du wirst sehen, am Ende des Urlaubs wird sich dein Körper an das Low Carb gewöhnt haben, und nach dem Cheatday wirst du nicht in alte Muster zurückfallen.“

„Ich muss zugeben, das klingt gar nicht so verkehrt. Das nimmt echt den Druck raus.“

„Genau. Und ich verspreche dir, dass du danach auch keine großen Rückschläge haben wirst, solange du danach sofort wieder in deinen Low-Carb-Rhythmus zurückfindest. Es geht darum, den Cheatday als Teil des Plans zu sehen, nicht als Ausnahme. Er ist eine Möglichkeit, das Ganze durchzuhalten und dabei noch Spaß zu haben.“

„Okay. Ich bin dabei! Einen Tag lang kulinarische Anarchie!“

„Genau!“, lachte Alex.

„So, und jetzt sollten wir aufstehen, bevor die Desserts anfangen, uns zu rufen!“

11

Nachdem sie das Restaurant verlassen hatten, schlenderten die zwei über das weitläufige Hotelgelände Richtung Strand. Auf dem Weg dorthin kamen sie am Fitnessraum vorbei. Durch riesige Fenster konnte man hineinsehen, und trotz der Abendstunde waren dort einige Leute beim Trainieren.

„Ach, lass uns da mal einen kurzen Blick rein werfen!“, sagte Alex.

Und so betraten die zwei den Fitnessraum, der zugleich schick und freundlich eingerichtet war. Der helle Créme-Ton der Wände kontrastierte effektvoll mit dem eleganten, dunklen Boden aus poliertem Holz. An den Wänden hingen große Spiegel, die den Raum noch größer wirken ließen, und die mächtigen Panoramafenster boten einen erstklassigen Blick auf den Strand und das Mittelmeer. Mit Laufbändern, Crosstrainern und Fahrradergometern war das Gym gut ausgestattet, dazu Hantelbänke, Freihanteln und eine Auswahl an Kraftgeräten, die ein umfassendes Training ermöglichten.

„Den Raum sollten wir auf jeden Fall nutzen!“, sagte Alex.

Jonas nickte skeptisch.

„Hast du schon mal trainiert?“

„Im Studio? Nein.“

„Dann solltest du es mal ausprobieren. Es macht mehr Spaß, als man denkt, und es tut dem Körpergefühl gut, die Muskeln zu stärken. Außerdem hat das Krafttraining eine Menge gesundheitliche Vorteile: Es stärkt Knochen und Muskulatur, verbessert die Haltung, reduziert Stress und fördert das Selbstvertrauen. Und abgesehen davon bedeutet mehr Muskelmasse auch, dass sich der Energie-Grundumsatz deines Körpers erhöht. Mehr Muskeln verbrennen mehr Kalorien. Es wird dir also langfristig helfen, dein Gewicht zu reduzieren und zu halten.“

„Okay. Warum nicht…“, sagte Jonas.

Daraufhin warfen die beiden einen Blick in die Umkleideräume. Helle, saubere Fliesen bedeckten den Boden und die Wände, und es gab genügend Platz und Privatsphäre für jeden Gast. Entlang einer Wand befanden sich Reihen von Schließfächern aus hellem Holz, in denen die Gäste ihre persönlichen Sachen sicher verstauen konnten.

Während sie die Duschen inspizierten, fiel Jonas eine Waage auf, die unauffällig in einer Ecke des Umkleideraums stand. Sie war aus glänzendem Edelstahl und wirkte erstaunlich modern und präzise. Alex bemerkte seinen Blick und grinste.

„Ah!“, sagte Alex. „Das trifft sich ja bestens! Das gute Stück sollten wir direkt mal zum Einsatz bringen.“

Jonas verzog das Gesicht:

„Muss das sein? Ich bin mir nicht sicher, ob ich das heute wirklich sehen will. Wir sind doch im Urlaub!“

Alex legte ihm eine Hand auf die Schulter:

„Ja, das muss sein! Es ist sinnvoll, dein Gewicht regelmäßig im Blick zu behalten. Übergewicht entsteht schleichend, und man bemerkt die negative Entwicklung nur, wenn man sich regelmäßig auf die Waage stellt.“

„Ich habe mal gehört, dass es gar nicht so gut sein soll, sich regelmäßig zu wiegen. Manche sagen, dass das sogar kontraproduktiv sein kann. Man fixiert sich zu sehr auf die Zahl auf der Waage, und das kann schnell zu Frustration führen, vor allem, wenn das Gewicht stagniert oder sogar kurzfristig steigt. Und außerdem kann daraus eine Art Besessenheit werden und am Ende zu einer Essstörung führen.“

„Ja, das mag schon stimmen, dass das bei manchen Menschen so ausartet. Deswegen würde ich mich auch nicht jeden Tag auf die Waage stellen.

Einmal die Woche reicht schon. Es geht ja nicht darum, sich verrückt zu machen, sondern den Überblick zu behalten. Und auch im positiven Sinn ist die Waage sinnvoll: Sie hilft dir, deine Fortschritte zu sehen und motiviert zu bleiben. Außerdem will ich dir beweisen, dass du mit Low Carb wirklich abnehmen kannst. Deswegen schlage ich vor, dass du dich jetzt einmal wiegst, und dann nochmal am Ende des Urlaubs. Und ich kann dir garantieren: Wenn du dich konsequent an Low Carb hältst, wirst du einen Fortschritt sehen!“

Jonas seufzte, fühlte sich aber von Alex' Entschlossenheit ermutigt:

„Na gut, aber mach dich auf das Schlimmste gefasst!“

Er zog seine Schuhe aus und stellte sich auf die Waage. Die Zahlen rollten über das Display, bevor sie schließlich stehen blieben. Jonas fühlte einen Stich der Scham.

„95 Kilo…“, murmelte er betrübt.

Alex sah ihn an und lächelte aufmunternd:

„Kopf hoch, Jonas. Das ist nur eine Zahl, und die wird in Zukunft kleiner. Ab jetzt geht es aufwärts – ich meine: Mit dem Gewicht geht es natürlich abwärts.“

Jonas lachte und zog sich seine Schuhe wieder an.

„Wie viel wäre denn dein Traumgewicht?“, wollte Alex wissen.

„80 wären schon cool“, erwiderte Jonas.

„Okay. Nehmen wir an, dass du mithilfe von Low Carb zwei bis drei Kilo im Monat abnimmst, dann kannst du das Ziel in fünf bis sechs Monaten schaffen. Und das ist vorsichtig geschätzt. Wenn du konsequent und fleißig bist und viel Sport machst, kannst du das Ziel auch schneller erreichen."

„Meinst du?"

„Das meine ich nicht nur, ich weiß das. Ich habe damals vier Kilo pro Monat abgebaut."

„Wow..."

„Und du kannst das auch schaffen!"

„Das wäre schon toll..."

„Kein Konjunktiv! Das wird toll!"

„Okay!", lachte Jonas, und die zwei verließen das Gebäude, um weiter zum Strand zu spazieren.

Der Weg führte sie an üppig blühenden Pflanzen und Palmen vorbei, die in der warmen Abendluft sanft raschelten. Die Atmosphäre war ruhig und friedlich, und Jonas spürte, wie sich eine tiefe Entspannung in ihm ausbreitete.

Als sie den Strand erreichten, war die Sonne bereits untergegangen. Der Himmel bot ein stimmungsvolles Farbenspiel aus Dunkelblau und Violett, das sich im sanften Wellengang des Meeres spiegelte, während oben am Gehweg Laternen für angenehm warmes Beleuchtung sorgten. Die beiden Männer begannen ihren Spaziergang entlang der Wasserkante, ihre Füße hinterließen Spuren im weichen Sand.

Eine Weile gingen sie schweigend nebeneinander her und genossen das leise Rauschen der Wellen – bis Alex' Handy klingelte. Er schaute aufs Display:

„Michelle...", sagte er und schaute gequält.

„Niemand zwingt dich ranzugehen."

„Du hast Recht." Alex drückte den Anruf weg, stellte das Handy in den Flugmodus und steckte es ein.

„Gut so!", lobte Jonas.

Nach kurzem Schweigen fragte er:

„Wie ist es eigentlich zuletzt mit Michelle gelaufen? Was hat sie dazu gesagt, dass du ohne sie in Urlaub fährst?"

Alex seufzte und schaute aufs Meer hinaus:

„Natürlich ist sie durchgedreht. Sie konnte einfach nicht verstehen, warum ich ohne sie weg wollte."

„Oh Mann...", sagte Jonas mitfühlend.

„Aber ich habe ihr klargemacht, dass es besser für unsere Beziehung ist, wenn wir mal ein bisschen Abstand haben. Ich dachte, dass wir beide Raum zum Nachdenken brauchen."

„Und wie hat sie darauf reagiert?"

„Sie hat ein riesiges Drama veranstaltet", gab Alex zurück. „Sie hat mir vorgeworfen, dass ich doch nur vorhabe, mir einen Urlaubsflirt anzulachen. Aber ich bin standhaft geblieben. Ich bin mir einfach sicher, dass ich diesen Urlaub brauche, um wieder zu mir selbst zu finden."

Jonas nickte anerkennend:

„Finde ich gut, dass du das durchgezogen hast. Das war bestimmt nicht einfach."

„Sie hat mir mit Trennung gedroht, das volle Programm."

„Und wie seid ihr jetzt verblieben?"

Alex zuckte mit den Schultern:

„Ich weiß es nicht. Zuletzt hat sie mich weinend angerufen und gebettelt, dass ich nicht reisen soll. Aber von Trennung war nicht mehr die Rede.“

„Und wie ist es mit dir? Wie stehst du inzwischen dazu? Willst du dich trennen?“

„Der Verstand sagt: ja. Der Rest sagt: Ich weiß nicht wie.“

„Ja, so was kenne ich.“

„Ich schätze, ich habe wohl Angst vor dem Trennungsschmerz. Angst davor, allein zu sein. Vor allem auch seit dem Tod von Mark.“

„Das kann ich verstehen. Aber so ganz allein wärst du ja nicht.“

Dabei zeigte er auf sich selbst. Alex lächelte und klopfte ihm dankbar auf die Schulter. Schweigend stapften sie weiter durch den Sand, bis sie eine gemütliche Bank erreichten, die in der Nähe des Wassers stand. Der Himmel hatte sich inzwischen dunkelviolett gefärbt, die ersten Sterne zeigten sich am Himmel.

„Ich glaube“, begann Jonas, „ich kann ganz gut nachempfinden, wie das ist, in so einer toxischen Beziehung zu stecken. Einem Freund von mir ging es ähnlich. Er hat jahrelang gekämpft, bis es endlich ein Ende hatte.“

Alex sah ihn aufmerksam an.

„Wenn ich eins daraus gelernt habe“, fuhr Jonas fort, „dann das: Je eher man so eine Beziehung beendet, desto besser.“

„Das sagt sich so leicht“, gab Alex zurück.

„Ja, ich weiß. Es gibt wahrscheinlich wenig Dinge, die schwieriger sind, als sich aus einer toxischen Beziehung zu befreien."

„Und wie hat dein Freund es geschafft?"

„Er hatte sich damals einen Therapeuten gesucht, einen Spezialisten für Verhaltenstherapie. Und der hat ihm einige konkrete Tipps gegeben."

„Was zum Beispiel?"

„Das erste, was man tun sollte, ist, sich darüber klar zu werden, warum man überhaupt in der Beziehung bleibt. Was hält dich an Michelle fest? Sind es nur Gewohnheit und Bequemlichkeit oder gibt es noch echte Gefühle?"

Alex dachte einen Moment nach:

„Ich denke, es ist eine Mischung aus beidem. Wir sind schon so lange zusammen, dass es schwer ist, sich ein Leben ohne sie vorzustellen. Aber ich weiß, dass es mir nicht guttut."

„Das ist schon mal gut", sagte Jonas. „Der nächste Schritt ist, Grenzen zu setzen. Du musst klar kommunizieren, was für dich akzeptabel ist und was nicht. Wenn Michelle dich in der Praxis stört oder ausrastet oder dich emotional manipuliert, musst du in der Lage sein, Stopp zu sagen und dich zu distanzieren, anstatt dich in endlose Auseinandersetzungen verwickeln zu lassen."

„Das klingt einfacher, als es ist", sagte Alex.

„Es wird nicht leicht sein", gab Jonas zu. „Aber es ist notwendig. Dann solltest du dir überlegen, welche Unterstützung du brauchst. Wie du sagst, fühlst du dich ohne sie allein. Ich meine, du kannst jederzeit mit mir reden. Aber vielleicht reicht das nicht. Vielleicht solltest du dir auch professionelle Hilfe suchen."

„Tja... ich hatte ja immer wieder mal einen Therapeuten. Vielleicht wäre es tatsächlich nicht schlecht, den mal wieder anzurufen."

„Ich schätze, das könnte helfen!"

Alex nickte.

„Vor allem, wenn du dich entschließt, dich zu trennen."

Alex ächzte:

„Sag mir, wie!"

„Zuerst einmal musst du dir klar darüber werden, dass es zwar keine einfache Entscheidung ist, aber eine notwendige, wenn du glücklich sein willst. Bereite dich aktiv auf die schwierige Zeit der Trennung vor. Mach dir eine Liste mit den Gründen, warum du dich trennen willst, damit du in schwierigen Momenten daran erinnert wirst, warum du diesen Schritt machst."

Alex nickte nachdenklich.

„Dann machst du dir einen Plan, wie du nach der Trennung mit schwierigen Situationen und Trennungsschmerz umgehen willst. Bereite dich auf diese harte Phase gut vor."

„Hmm..."

„Und dann wähle den richtigen Zeitpunkt und Ort für das Gespräch", fuhr Jonas fort. „Es sollte ein ruhiger Ort sein, wo ihr ungestört reden könnt. Vermeide es, die Trennung in der Hitze eines Streits auszusprechen. Plane stattdessen ein ruhiges Gespräch zu einem Zeitpunkt, an dem ihr beide genug Zeit habt."

Alex nickte:

„Das macht Sinn. Ich will nicht, dass es in einem Drama endet."

„Genau", bestätigte Jonas. „Bleib ruhig und sachlich. Sag ihr, dass es eine schwere Entscheidung für dich war und dass du lange darüber nachgedacht hast. Mach ihr klar, dass es für euch beide das Beste ist."

„Okay, ich werde es versuchen", sagte Alex und atmete tief durch. „Und was, wenn sie durchdreht?"

„Versuch, ruhig zu bleiben", wiederholte Jonas. „Sag ihr, dass du verstehst, dass sie wütend oder traurig ist, und gib ihr Raum, ihre Gefühle zu äußern. Aber bleib bei deiner Entscheidung. Mach ihr klar, dass es keine Möglichkeit gibt, deine Meinung zu ändern. Und nach der Trennung ist es extrem wichtig, den Kontakt vollständig abzubrechen. Blockiere sie auf allen Kanälen und vermeide Orte, an denen du ihr begegnen könntest. Das Zauberwort lautet: Totale Kontaktsperre. Und die musst du konsequent durchhalten, sonst wird das nichts."

„Ich hoffe, ich kann das durchziehen", sagte Alex leise. „Und was mache ich danach?"

„Dann ist es wichtig, dass du dir Zeit für dich selbst nimmst", sagte Jonas. „Mach bewusst Dinge, die dir Freude bereiten und dich ablenken. Dafür hast du dir ja einen Plan gemacht. Es wird eine Weile dauern, aber du wirst sehen, dass es dir besser geht."

Alex nickte:

„Im Grunde ist mir das alles ja irgendwie auch klar. Aber es ist wohl ganz gut, es nochmal zu hören."

„Ja. Wenn man drin steckt, sieht man den Wald vor lauter Bäumen nicht."

„Genau!"

„Weißt du... letztlich musst du dich ganz einfach daran gewöhnen, nicht mehr mit ihr zusammen zu sein", schmunzelte Jonas. „Alles eine Frage der Gewohnheit."

„Ja", lachte Alex. „Und im Grunde hast du völlig Recht. Darauf läuft es hinaus."

„Ich denke das wirklich. Und was das betrifft, bist du ja Experte."

Die zwei lachten.

„Danke", sagte Alex und sah aufs Meer hinaus. „Im Grunde sind mir diese Sachen ja alle selber klar. Aber es tut gut, es einfach auch mal von jemand anderem zu hören."

„Du musst es ja nicht sofort entscheiden, ob du die Trennung willst. Du hast ja jetzt drei Wochen Zeit, für dich Klarheit zu finden."

„Ja, stimmt."

„Und darf ich dir noch einen Tipp geben?"

„Ja bitte!"

„Ich würde ihr eine Nachricht schreiben, in der du sagst, dass du es momentan besser findest, wenn ihr eine Weile lang keinen Kontakt habt, damit ihr beide eine Chance habt, mal runterzukommen und über alles nachzudenken. Und dann ziehst du für den gesamten Urlaub konsequent eine Kontaktsperre durch. Du hast ja keine Chance, zur Ruhe zu kommen, wenn ihr euch ständig gegenseitig stresst."

„Tja, ich schätze, du hast Recht. So werde ich es machen."

„Und behalte im Hinterkopf: Wenn du nach der Trennung Unterstützung brauchst, bin ich gerne da!"

„Danke!"

12

Am nächsten Morgen, noch etwas verschlafen, machten sich Jonas und Alex auf den Weg zum Frühstück. Die Sonne schien durch die großen Fenster des Speisesaals und tauchte den Raum in ein warmes Licht. Am Frühstücksbuffet erwartete sie ein enormes Angebot an Köstlichkeiten. Das Frühstücksbuffet war ein Paradies für Feinschmecker und ein Albtraum für Abnehmwillige. Es bot eine opulente Vielfalt an Köstlichkeiten und erstreckte sich über mehrere lange Tische, die liebevoll und einladend bestückt und dekoriert waren.

Auf dem ersten Tisch standen die süßen Verführungen bereit. Eine große Auswahl an fluffigen Pancakes, die frisch zubereitet und in einer warmen Servierschale angerichtet waren, verbreiteten einen unwiderstehlichen Duft. Daneben türmten sich goldbraune Waffeln, dazu eine Vielzahl an Toppings wie Ahornsirup, Schokoladensauce, frische Beeren, Schlagsahne und verschiedene Sorten Marmelade.

Der nächste Tisch war den herzhaften Speisen gewidmet. Hier fanden sich reichlich Eierspeisen, allen voran eine große Schale mit dampfendem Rührei, das mit feinen Kräutern und Gemüse verfeinert war. Daneben lockten knusprig gebratener Bacon, saftige Würstchen und kleine Kartoffelpuffer. Verschiedene Käsesorten, von mild bis kräftig, und eine Auswahl an Aufschnitt, darunter Schinken, Salami und Putenbrust, rundeten das Angebot ab.

Ein weiterer Tisch schließlich präsentierte ein buntes Angebot an frischen Salaten und Gemüse. Knackige Salatblätter, leuchtend rote Tomaten, knusprige Gurkenscheiben, Paprikastreifen in verschiedenen Farben, fein geraspelte Karotten und süße Maiskörner waren appetitlich angerichtet. Verschiedene Dressings und Öle standen bereit, um den Salat nach eigenem Gusto zu verfeinern.

Nicht zu vergessen: der Obsttisch mit einer Vielzahl an frischen Früchten. Saftige Melonenstücke, süße Ananas, reife Beeren, knackige Äpfel und saftige Orangen lagen in Hülle und Fülle bereit. Für die Liebhaber von Joghurt und Quark gab es verschiedene Sorten, die man mit den frischen Früchten kombinieren konnte. Und schließlich bot ein Brotkorb eine imposante Auswahl an frisch gebackenen Brötchen, Croissants und Brot.

„Shit!", stöhnte Jonas, während er sich einen Teller nahm. „Das sieht alles schon wieder so pervers lecker aus! Eine einzige Katastrophe!“

„Ja, aber denk dran, was wir besprochen haben", erinnerte ihn Alex mit einem Augenzwinkern. „Lass dich gar nicht erst verrückt machen. Focus auf Low Carb!"

Jonas nickte:

„Ich versuche es..."

Alex deutete auf das dampfende Rührei, das mit frischen Kräutern und Gemüsewürfeln angemacht war und köstlich aussah.

„Guck doch mal, wie lecker das aussieht! Und Rührei ist immer eine gute Wahl. Viel Protein, keine Kohlenhydrate. Da sind zwar auch gesättigte Fettsäuren drin, aber das geht schon."

Jonas belud damit seinen Teller.

„Ist Bacon okay?", fragte er unsicher.

„Klar. Bacon ist Low Carb. Aber nimm nicht zu viel, da sind nämlich auch einige ungesunde Fette drin. Aber ein kleiner Genusshappen ist völlig okay."

„Würstchen?"

„Ja, aber in Maßen."

Jonas nahm sich zwei Streifen Bacon und zwei kleine Würstchen, und Alex tat es ihm gleich.

„Und das Wichtigste: dazu viel Salat. Wie wäre es mit etwas Tomate, Gurke und Paprika?"

„Ungewöhnlich zum Frühstück. Aber warum nicht?"

„Tja, manchmal muss man eben über den Tellerrand schauen. Auch beim Essen."

Jonas grinste schief über den dürftigen Gag und füllte seinen Teller mit einer bunten Auswahl an Gemüse.

„Und danach vielleicht noch etwas Früchtequark?", schlug Alex vor. „Sozusagen als Dessert? Das wäre doch eine gute Belohnung für die neue Routine."

„Klingt gut.“

Die beiden holten sich noch eine kleine Schüssel Quark, dazu Ananas- und Melonenstücke.

Gemeinsam setzten sie sich an einen Tisch auf der Terrasse und genossen ihr Frühstück.

„Mmh, das Rührei ist echt lecker", schwärmte Jonas zufrieden.

„Low Carb hat auch Einiges zu bieten!“, erwiderte Alex. „Man muss nur die richtigen Alternativen finden.“

Als sie schließlich fertig gefrühstückt hatten, fragte der Therapeut:

„Und, wie fühlst du dich?“

„Ich muss zugeben: Satt und zufrieden“, gab Jonas zurück. „Ich habe das Gefühl, dass ich so gut in den Tag starten kann."

„Perfekt!“

„Was wollen wir heute überhaupt anstellen?“

„Ich würde sagen, wir sind ein bisschen aktiv und gönnen uns Bewegung.“

„Okay... warum nicht? Und was schlägst du vor?“

„Wie wäre es mit einer Radtour durch die schöne Landschaft?“

„Ja, klingt gut!“

Alex zückte sein Handy und begann zu recherchieren, wo sie Fahrräder mieten könnten.

„Okay, ich habe einen Fahrradverleih in Mastichari gefunden. Dahin würden wir vielleicht zehn, fünfzehn Minuten laufen.“

„Klingt gut! Und lass uns mal schauen, wo wir von dort aus hinfahren könnten.“

„Also, eine Option: Wir könnten zum Therma Beach fahren. Das ist etwa 12 Kilometer von Mastichari entfernt, und die Fahrt würde ungefähr eine Stunde dauern. Da gibt es heiße Quellen, die direkt am Meer liegen. Es ist eine ziemlich ruhige Gegend, ideal zum Entspannen, und das warme Wasser soll sehr wohltuend sein."

„Heiße Quellen? Klingt an sich ganz gut, aber eigentlich ist es mir schon heiß genug. Was gibt es noch?"

„Möglich wäre auch ein Ausflug zum Asklepieion. Das ist eine antike Stätte, etwa 15 Kilometer entfernt. Die Fahrt würde anderthalb Stunden dauern. Der Asklepieion ist eine der bedeutendsten archäologischen Stätten auf Kos und war ein berühmtes Heilzentrum der Antike. Die Ruinen und die Geschichte sind anscheinend wirklich beeindruckend, und man hat auch eine großartige Aussicht auf die umliegende Landschaft."

„Klingt nicht schlecht."

„Was mich ansonsten anlacht, ist Tigaki Beach. Das sind etwa 9 Kilometer, und die Fahrt würde rund 40 Minuten dauern."

„Also nicht ganz so weit. Finde ich ehrlich gesagt für den Anfang besser."

„Tigaki Beach ist anscheinend ein wunderschöner, langer Sandstrand mit kristallklarem Wasser. Es gibt da ein paar nette Cafés und Strandbars, wo wir uns entspannen und etwas trinken können. Der Strand ist auch ideal zum Schwimmen und Sonnenbaden, und es gibt diverse Wassersportmöglichkeiten."

Jonas überlegte kurz:

„Also, ich denke, ich hätte am meisten Lust auf den Tigaki Beach."

„Okay! Also, auf gehts!"

Jonas und Alex erreichten Mastichari am späten Vormittag, nachdem sie die Strandpromenade entlanggegangen waren. Die Sonne stand hoch am Himmel und tauchte die Stadt in ein warmes, freundliches Licht. Salziger Wind wehte vom Meer herüber und vermischte sich mit dem Duft von frisch gegrilltem Fisch, der aus den nahegelegenen Tavernen strömte.

Die kleinen, weißen Häuser von Mastichari leuchteten im Sonnenlicht und verliehen dem Ort ein urtümlich griechisches Flair. Farbenfrohe Pflanzen und Blüten wie Drillingsblumen in kräftigem Pink und tiefem Rot rankten sich an den Wänden empor, und hier und da streunten Katzen gemächlich über das Kopfsteinpflaster der Straßen oder ruhten sich im Schatten der Olivenbäume aus.

Jonas und Alex schlenderten die Hauptstraße entlang, die von zahlreichen Geschäften, Cafés und Tavernen gesäumt war. Das Schwatzen der Einheimischen und Touristen und das Klirren von Geschirr mischten sich mit dem Rauschen der Wellen, die sanft an den Strand rollten.

„Was für ein nettes Städtchen!", sagte Jonas und sog die Eindrücke in sich auf. „Wollen wir uns nicht einfach gemütlich irgendwo hinsetzen und einen Kaffee trinken statt Rad fahren?"

„Das könnte dir so passen!“, lachte Alex. „Aber so fangen wir gar nicht erst an. Lass uns mal nach dem Fahrradverleih schauen. Ich glaube, er müsste gleich hier um die Ecke sein."

Sie folgten einer kleinen Gasse, die zum Hafen führte. Schließlich erreichten sie den Fahrradverleih. Das Gebäude war klein, aber gut gepflegt, mit weißen Wänden und blauen Fensterläden, passend zum traditionellen Stil der Insel. Davor standen zahlreiche Fahrräder in verschiedenen Größen und Farben ordentlich aufgereiht.

Ein freundlicher Mann, Mitte vierzig, mit sonnengebräunter Haut und einem breiten Lächeln, begrüßte sie:

„Kaliméra! Wie kann ich euch helfen?", fragte er auf Englisch mit starkem griechischen Akzent.

„Kaliméra! Wir würden gerne zwei Fahrräder mieten", antwortete Alex.

"Natürlich, wir haben eine große Auswahl“, sagte der Mann. „Hier drüben haben wir Mountainbikes, und dort drüben Trekkingräder. Ihr könnt euch aussuchen, was euch am besten gefällt."

Jonas und Alex schauten sich die Fahrräder an. Die Mountainbikes wirkten robust und waren gut für unwegsames Gelände geeignet, während die Trekking-Räder etwas leichter und ideal für die Straßen der Insel waren.

„Ich denke, wir nehmen zwei Trekking-Räder", schlug Jonas vor. „Die sind perfekt für unsere Route."

Alex nickte zustimmend.

Nachdem sie alle Formalitäten geklärt hatten und die Räder übergeben waren, starteten sie ihre Tour. Sie ließen das Dorf hinter sich und fuhren entlang einer schmalen, wenig befahrenen Landstraße. Die Sonne schien warm auf ihre Gesichter und ließ den Asphalt vor ihnen flimmern. Die Felder zu beiden Seiten der Straße waren voller wilder Blumen, die in leuchtenden Farben blühten, und die Zikaden sangen ihr lautes, unaufhörliches Lied.

So richtig genießen konnte Jonas die Fahrt kaum, denn Alex legte ein ordentliches Tempo vor, und Jonas fiel es schwer, mitzuhalten. Der Therapeut drehte sich nach ihm um und rief:

„Wie gehts dir da hinten? Kommst du klar?"

Jonas atmete schwer und spürte, wie ihm der Schweiß den Rücken hinunterlief.

„Ja, geht schon. Aber du bist echt schnell unterwegs."

Alex lachte:

„Das ist genau das, was du brauchst: ein bisschen Training. Halte durch, es wird sich lohnen!"

Jonas biss die Zähne zusammen und setzte alles daran, mit Alex Schritt zu halten. Die Straße begann nun leicht anzusteigen, und bald fanden sie sich in hügeligem Gelände wieder. Jonas schaltete einige Gänge runter. Die Felder wichen Olivenhainen und Pinienwäldern, die ihnen gelegentlich Schatten spendeten.

„Der Anstieg ist echt hart", keuchte Jonas, als sie einen besonders steilen Hügel hinauffuhren.

„Nur noch ein Stück, dann gehts wieder bergab", rief Alex zurück und trat kräftig in die Pedale.

Jonas kämpfte sich den Hügel hinauf, während Alex scheinbar mühelos weiter strampelte. Der steinige Weg und die glühende Sonne machten es nicht gerade leichter. Als sie endlich den höchsten Punkt erreichten, bot sich ihnen ein herrlicher Ausblick auf die umliegende Landschaft: weite Felder und Olivenhaine, die sich wie ein grünes Mosaik bis zur Küste erstreckten. Die silbrig-grünen Blätter der Olivenbäume glitzerten im Sonnenlicht und wiegten sich sanft im Wind. Dazwischen blühten bunte Wildblumen in Rot, Gelb und Blau, die der Landschaft Farbtupfer verliehen und einen angenehmen Duft verströmten.

„Wow, die Aussicht ist es wirklich wert," schnaufte Jonas, während er einen Moment lang innehielt, um sich zu erholen.

„Absolut", stimmte Alex zu. „Und jetzt kommt der Spaßteil: Abwärtsfahrt!"

Der Therapeut behielt Recht: Die Abfahrt war ein wahrer Genuss. Der stramme Fahrtwind kühlte ihre verschwitzten Gesichter, und sie sausten die Hügel hinunter, das entfernte Meer stets im Blick. Nach einiger Zeit erreichten sie wieder flaches Gelände und fuhren entlang der Küste. Das Meer war nun ganz nah, und sie konnten das sanfte Rauschen der Wellen hören. Der Duft von Meeresluft erfüllte ihre Lungen.

„Gleich sind wir da", sagte Alex, als sie ein Schild mit der Aufschrift „Tigaki Beach" passierten.

„Ich freue mich schon auf eine Abkühlung im Meer", antwortete Jonas.

13

Kurz darauf erreichten sie den Beach. Der lange, goldene Sandstrand erschien vor ihnen, das kristallklare Wasser glitzerte verlockend in der Sonne. Sie parkten ihre Fahrräder und suchten sich ein schönes Plätzchen im Sand, holten ihre Handtücher aus den Rucksäcken und atmeten tief durch. Der Klang der Wellen, das Geschrei der Möwen und das Lachen der anderen Strandbesucher sorgten für eine heitere, entspannte Atmosphäre.

Jonas zog seine Schuhe aus und fühlte, wie der warme Sand zwischen seine Zehen rieselte. Er schüttelte seine verschwitzten Haare und spürte eine erfrischende Brise, die vom Meer herüberwehte. Alex tat es ihm gleich und legte seine verschwitzten Klamotten auf einen Haufen neben ihre Handtücher. Beide hatten bereits Badeshorts an.

„Bereit?", fragte Alex und grinste breit.

„Bereit!", antwortete Jonas mit einem Lächeln.

Gemeinsam rannten sie über den heißen Sand und direkt in die kalten Wellen. Das Gefühl des kühlen, salzigen Wassers, das ihre erhitzten Körper kühlte, war unbeschreiblich erfrischend.

„Oh, Mann, ist das genial!", rief Jonas, als er auftauchte und das Wasser von seinem Gesicht wischte.

Der salzige Geschmack des Meerwassers auf ihren Lippen, das angenehme Kratzen des Sandes unter ihren Füßen und der frische Duft der Meeresluft waren einfach herrlich. Das Licht der Sonne funkelte auf der Wasseroberfläche, und sie konnten die Umrisse der Fische sehen, die in den seichteren Bereichen des Wassers vorbei schwammen.

Nachdem sie eine Weile im Wasser geplanscht hatten, legten sich Jonas und Alex erschöpft, aber glücklich, am Strand auf die Badetücher und genossen die wärmende Sonne auf ihrer Haut.

„Und? Wie gehts dir jetzt?", fragte Alex und drehte sich zu Jonas.

Der lächelte und streckte sich auf seinem Handtuch aus:

„Perfekt! Ich habe mich lang nicht so wohl gefühlt."

Alex nickte zufrieden:

„Tja, du hast eben alles richtig gemacht: Du hast eine neue Gewohnheit begonnen und dich am Ende mit einem schönen Strandtag belohnt. Das ist doch super. Ganz wie im Lehrbuch."

„Ja, das stimmt", sagte Jonas und fühlte sich stolz.

Alex setzte sich auf und sagte:

„Weißt du, ich glaube, du solltest wirklich auch in Frankfurt so oft wie möglich mit dem Fahrrad fahren. Zum Einkaufen, zur Arbeit, wenn du wieder eine hast, und zu jeder anderen Gelegenheit. Und warum nicht auch mal größere Radtouren am Wochenende? Das alles könnte zu einer richtig guten, gesunden neuen Gewohnheit werden."

Jonas nickte:

„Daran habe ich unterwegs auch schon gedacht. Das Auto könnte ich wirklich öfter stehen lassen. Allein dadurch würde ich schon eine Menge Kalorien verbrennen, meinen Körper gesund und fit halten und für positive Energie sorgen."

„Genau", bestätigte Alex. „Es wird dir gut tun, und du wirst dich insgesamt besser fühlen. Und du wirst eine Menge Geld für Sprit sparen."

„Das stimmt auch."

„Wir könnten auch verabreden, dass wir regelmäßig gemeinsam Radtouren machen, wenn wir wieder daheim sind."

„Das klingt nach einem guten Plan," sagte Jonas und grinste. „Ich freue mich schon drauf."

Nach einer kurzen Pause, in der sie das sanfte Rauschen der Wellen und die Wärme der Sonne genossen, drehte sich Alex wieder zu Jonas und fragte: „Sag mal, bist du eigentlich schon weiter gekommen mit den Hörbüchern?"

Jonas nickte und lächelte:

„Ja, ich habe das erste Buch von Duhigg durch. Es war wirklich interessant. Jetzt habe ich vor, mit dem zweiten Buch weiterzumachen, nämlich 'Die 1%-Methode' von James Clear."

Alex dachte kurz nach:

„Nun, James Clear baut tatsächlich stark auf den Grundlagen auf, die Duhigg gelegt hat. Viele Konzepte sind ähnlich, aber Clear bringt einige neue Perspektiven und vertieft bestimmte Aspekte. Zum Beispiel betont er immer wieder, wie wichtig es ist, sich auf kleine, stetige Verbesserungen zu konzentrieren. Das Konzept des '1% besser werden' jeden Tag kann langfristig enorme Ergebnisse bringen. Clear schildert da eine Geschichte, die ich sehr inspirierend finde."

„Erzähl."

„In den frühen 2000er Jahren war das britische Radsportteam ziemlich erfolglos. Sie hatten kaum internationale Siege und wurden oft nicht ernst genommen. Tatsächlich weigerten sich sogar einige Fahrradhersteller, das Team mit Fahrrädern auszustatten, weil sie um den guten Namen ihrer Marke fürchteten.

Doch das alles änderte sich, als ein neuer Trainer eingestellt wurde. Dave Brailsford brachte eine neue Philosophie mit, die auf der Idee der 'Aggregation marginaler Gewinne' basierte. Er glaubte daran, dass viele kleine Verbesserungen, die jeweils nur einen kleinen Prozentsatz ausmachten, in ihrer Summe eine große Wirkung entfalten könnten.

Brailsford begann, alle Aspekte des Trainings und der Performance zu analysieren und zu optimieren. Er konzentrierte sich nicht nur auf die offensichtlichen Dinge wie die Aerodynamik der Fahrräder oder die Trainingsmethoden, sondern auch auf scheinbar unbedeutende Details. Zum Beispiel wurden die Sitze der Fahrräder angepasst, um den Komfort der Fahrer zu maximieren. Die Fahrer bekamen spezielle Matratzen und Kissen, die ihnen halfen, besser zu schlafen. Die Ernährungspläne wurden optimiert, um die Energieversorgung der Fahrer zu verbessern. Sogar die Handwasch-Techniken wurden verfeinert, um das Risiko von Infektionen zu minimieren.

Diese unzähligen kleinen Verbesserungen summierten sich im Laufe der Zeit zu bedeutenden Veränderungen. Bereits nach wenigen Jahren begann das britische Radsportteam, internationale Erfolge zu feiern. Bei den Olympischen Spielen 2008 in Peking gewann das Team 60 Prozent der Goldmedaillen im Radsport. Vier Jahre später, bei den Olympischen Spielen 2012 in London, dominierte das britische Team erneut und stellte mehrere Weltrekorde auf."

„Wow..."

„Die Geschichte zeigt eindrucksvoll, wie eine Vielzahl von kleinen, kontinuierlichen Verbesserungen zu großen Erfolgen führen können. Sie verdeutlicht, dass selbst scheinbar unbedeutende Änderungen, wenn sie konsequent und systematisch umgesetzt werden, eine immense Wirkung haben können."

„Wirklich interessant", meinte Jonas.

„Ja, das fand ich auch. Es lohnt sich also, darüber nachzudenken, welche scheinbar unbedeutenden kleinen Veränderungen im Alltag helfen könnten, große Veränderungen zu bewirken."

„Was könnte das sein?"

„Ein Punkt, den ich sehr hilfreich finde, ist, das Umfeld so zu gestalten, dass es die gewünschten Gewohnheiten unterstützt. Indem man sein Umfeld entsprechend anpasst, macht man es sich selbst leichter, die neuen Gewohnheiten zu praktizieren. Zum Beispiel, gesunde Snacks sichtbar und leicht zugänglich machen und ungesunde Snacks aus dem

Sichtfeld entfernen und am besten gar nicht erst zuhause zu lagern."

„Das klingt logisch," sagte Jonas.

„Dasselbe gilt für zum Beispiel deine PC-Spiele. Am besten löschst du sie von deinem Computer, dann kommst du gar nicht mehr so leicht in Versuchung."

„Radikale Maßnahme..."

„Aber bestimmt wirkungsvoll."

„Ich werde drüber nachdenken."

„Lass uns das ruhig mal in den nächsten Tagen konkreter durchdenken. Wir hatten ja ohnehin vor, mal einen Strategieplan auszuarbeiten."

„Stimmt. Das sollten wir machen!"

„Ein weiterer wichtiger Punkt bei Clear ist das, was er 'identitätsbasierte Gewohnheiten' nennt. Er sagt, es wäre unvorteilhaft, sich nur auf das Ergebnis zu fixieren und nur zu denken: 'Ich will eines Tages schlank sein'. Er sagt, man kann Gewohnheiten tiefer verankern und konsequenter durchziehen, wenn man sie zum Teil der eigenen Identität macht."

„Was heißt das?"

„Anstatt sich nur auf das Ergebnis zu konzentrieren, sollte man sich fragen, welche Art von Person man sein möchte. Man soll also nicht denken: 'Ich will schlank werden', sondern: 'Ich bin ein gesunder und sportlicher Typ'. Das hilft, das Verhalten langfristig zu verankern. Man ändert nicht nur ein bisschen an seinem Verhalten, sondern man integriert die Gewohnheiten in seine Persönlichkeit und erfindet sich sozusagen als Mensch neu."

„Okay..."

„Hör also auf solche Sachen zu denken wie: 'Ich bin ein unsportlicher Loser, der nur am PC rumhängt. Das muss sich ändern.' Denke stattdessen: 'Ich bin ein sportlicher Typ, der seine Zeit sinnvoll und erfolgreich gestaltet.' Und jedes Mal, wenn du dich entsprechend verhältst, bestätigt das deine neue Identität. Damit verfestigst du nicht nur die Gewohnheiten, sondern du bekommst dadurch ganz nebenbei noch einen Ego-Boost."

„Interessant. Fühlt sich aber komisch an, wenn ich mir einreden soll, dass ich ein sportlicher Typ sein soll."

„Das wird sich immer normaler anfühlen, je öfter du die Gewohnheit wiederholst."

„Wenn du das sagst..."

„Nun... bei mir hat es funktioniert."

„Respekt", sagte Jonas, und nachdem er einen Moment lang nachgedacht hatte, fügte er hinzu: „Weißt du, woran mich das Ganze erinnert? An ein berühmtes Zitat. Wie geht das noch gleich? 'Achte auf deine Gedanken, denn sie werden Worte. Achte auf deine Worte, denn sie werden Taten. Achte auf deine Taten, denn sie werden Gewohnheiten. Achte auf deine Gewohnheiten, denn sie werden dein Charakter. Und achte auf deinen Charakter, denn er wird dein Schicksal.'"

„Ja, genau! Das trifft es sehr gut, vor allem der Teil, wo aus Taten Gewohnheiten, Charakter und am Ende das Schicksal wird. Das besagt ja, dass Gewohnheiten nicht nur zu deiner Identität werden – oder auch zum Charakter – sondern sie bestimmen letztlich auch dein Schicksal. Denk an jemanden, der sich angewöhnt, immer freundlich und hilfsbereit zu sein. Diese Person wird wahrscheinlich bald viele Freunde haben und ein starkes soziales Netzwerk aufbauen. Im Laufe der Zeit kann das zu vielen positiven Gelegenheiten und Unterstützung in schweren Zeiten führen. So jemand hat einfach ein erfüllteres und unterstützteres Leben. Oder stell dir jemanden vor, der immer pünktlich ist, organisiert arbeitet und ständig neue Dinge lernt. So jemand wird wahrscheinlich schneller befördert und hat am Ende eine erfolgreiche Karriere. Das ist ein klarer Weg zu beruflichem Erfolg und Stabilität."

„Da hast du Recht... Weißt du eigentlich, woher das Zitat stammt?"

„Das ist, soweit ich weiß, nicht endgültig geklärt. Manche schreiben es den amerikanischen Ureinwohnern zu, andere wieder buddhistischen Lehrern. Letztlich ist es ja auch egal. Der Inhalt stimmt so oder so."

„Das ist wahr."

„Es gibt übrigens noch eine andere Geschichte, die ich enorm inspirierend fand. Sie ist auch nicht von James Clear, ich habe sie irgendwo im Internet aufgegabelt."

„Erzähl!"

„Sie handelt von einer 60-Jährigen Dame. Nennen wir sie Marie. Ihr Leben hatte sich schlagartig verändert, als ihr geliebter Ehemann nach einem langen Kampf gegen eine Krankheit verstarb. Die Trauer und Einsamkeit waren überwältigend, und Marie fühlte sich verloren. Eines Tages, als sie bei einer Freundin zu Besuch war, kam das Gespräch auf die Trauerbewältigung. 'Du brauchst etwas, das dich beschäftigt, etwas Neues, das dein Herz wieder zum Singen bringt', riet ihre Freundin.

Marie hatte nie zuvor ein Instrument gespielt, aber als sie im Wohnzimmer ihrer Freundin das alte Klavier sah, das verstaubt in der Ecke stand, spürte sie einen Funken Interesse. Vielleicht, dachte sie, könnte das Erlernen des Klaviers ihr die dringend benötigte Ablenkung und Freude bringen. Kurz darauf meldete sie sich für ihren ersten Klavierunterricht an.

Die ersten Monate waren mühsam. Maries Finger waren steif, und das Lesen der Noten schien ihr wie eine fremde Sprache. Doch sie blieb hartnäckig. Jeden Tag lernte und übte sie mehrere Stunden, und langsam, aber sicher begannen ihre Hände, sich vertrauter auf den Tasten zu bewegen. Das Spielen beschäftigte ihren Kopf und half ihr auf diese Weise, ihre Trauer zu vergessen, und so übte sie mit großem Fleiß.

Die Jahre vergingen, und aus den anfänglich holprigen Übungen wurden harmonische Melodien. Mit 85 Jahren war Marie zu einer bemerkenswerten Pianistin geworden. Sie spielte anspruchsvolle Partituren mit einer Leichtigkeit und Anmut, die sie selbst nie für möglich gehalten hätte. Die Musik hatte nicht nur ihre Einsamkeit vertrieben, sondern ihr auch eine neue Leidenschaft und Lebensfreude geschenkt.

Marie wurde in ihrem Heimatort zur Inspiration für viele. Die Menschen kamen zu ihren kleinen Konzerten, die sie in ihrem Wohnzimmer gab, und bewunderten ihre Hingabe und ihren Mut, in fortgeschrittenem Alter etwas Neues zu beginnen und zu meistern. So lebte sie erfüllt von der Musik, die ihr Herz eroberte und ihr Leben bereicherte. Und sie bewies, dass es keine Grenzen für das Lernen und die Entfaltung gibt, egal in welchem Alter man sich befindet."

„Wow. Eine tolle Geschichte."

„Ja, finde ich auch. Und ich habe dazu noch ein bisschen recherchiert: Das Lernen eines Instruments im höheren Alter hat nachweislich verschiedene Vorteile, darunter die Verzögerung des kognitiven Abbaus und die Verbesserung der geistigen und körperlichen Agilität. Eine Studie, die von Classic FM erhoben wurde, zeigte, dass Klavierunterricht die Gedächtnisfunktion bei älteren Erwachsenen erhalten kann, was darauf hindeutet, dass regelmäßiges Musizieren helfen könnte, altersbedingtem geistigem Abbau entgegenzuwirken."

„Kann ich mir gut vorstellen."

„Vielleicht wäre das auch was für dich. Ein neues Instrument lernen."

„Wieso? Weil ich so ein alter Sack bin, der was gegen seine Demenz tun sollte?", scherzte Jonas.

„Nein. Ich meine: Generell ist das Lernen eines Instruments eine gute Sache. Es entspannt, man ist sinnvoll beschäftigt und kommt nicht auf ungute Ideen. Hilft mit Sicherheit auch effektiv gegen Computerspielsucht", fügte Alex mit einem Augenzwinkern hinzu.

„Vielleicht."

„Was ich sagen will: Es ist nie zu spät dafür. Manche Leute glauben ja: Wenn man nicht als Kind damit anfängt, kann man es gleich ganz bleiben lassen. Ich glaube, dass diese Haltung falsch ist. Wenn ich mehr Zeit hätte, würde ich ein Instrument lernen."

„Hätte, hätte, Fahrradkette", frotzelte Jonas. „Die Zeit kann man sich nehmen!"

„Ja, ich weiß..."

„Nein, im Ernst: Du meintest selbst, dass du in der Praxis kürzer treten musst und mehr Zeit für dich brauchst. Also: Mach doch Nägel mit Köpfen!"

„Hmm..."

„Wir könnten zusammen ein Instrument lernen. Gemeinsam einen Kurs machen oder so."

„Ja. Warum nicht? An was für ein Instrument denkst du denn?"

„Wie wärs mit Gitarre?"

„Gar nicht schlecht. Aber wenn, dann E-Gitarre."

„Da bin ich dabei!"

„Cool! Dann haben wir einen Deal!"

14

Am nächsten Morgen saßen Jonas und Alex im Restaurant beim Frühstück. Die beiden genossen wie am Vortag ein Low-Carb-Frühstück, und Jonas fiel es tatsächlich einigermaßen leicht, sich nicht von den sündhaften Leckereien locken zu lassen, sondern sich ganz auf die erlaubten Genüsse zu fokussieren. Nachdem sie fertig waren, sagte Alex:

„Was wollen wir heute anstellen?“

„Ganz ehrlich? Ich habe Mega-Muskelkater vom Radfahren gestern“, gab Jonas zu und rieb sich die Oberschenkel. „Vielleicht sollten wir heute etwas Entspannteres machen. Wie wäre es mit einem Tag am Pool?“

„Grundsätzlich eine gute Idee“, schmunzelte Alex. „Aber wir sind ja nicht hier, um dir das Faulenzen anzugewöhnen, sondern um aus dir einen gesunden und aktiven Menschen zu machen.“

Jonas ächzte theatralisch.

„Aber ich bin ja kein Unmensch!“, lachte Alex. „Ich denke, heute soll einfach mal ein ausgedehnter Spaziergang reichen. Wie wäre es, wenn wir mit dem Bus in die Stadt Kos fahren? Wir könnten ein bisschen Sightseeing machen und uns die Stadt ansehen.“

„Das klingt nicht schlecht“, sagte Jonas. „Ich bin dabei!“

Kurz darauf machten sich auf den Weg zur Bushaltestelle in Mastichari. Die Sonne strahlte am klaren Himmel, und eine leichte Brise wehte vom Meer herüber. Sie warteten, bis der Bus ankam, stiegen ein und setzten sich auf zwei freie Sitze.

Die Straße führte entlang der Küste, und sie hatten einen wunderbaren Blick auf das azurblaue Meer, das in der Sonne glänzte. Auf der anderen Seite der Straße zeigten sich Olivenhaine und kleine Dörfer, deren weiß getünchte Häuser einen heiteren Kontrast zum blauen Himmel bildeten. Sie fuhren vorbei an Feldern, Wäldern und sanften Hügeln, die die ländliche Schönheit der Insel zeigten.

Nach etwa einer halben Stunde erreichten sie die Stadt Kos, und der Bus hielt schließlich am Hafen, wo sich das quirlige Zentrum der Stadt befand. Hier stiegen sie aus und wurden sofort von der lebendigen Atmosphäre empfangen.

Die ersten Anblicke waren beeindruckend. Die Stadt war eine Mischung aus antiken Ruinen, modernen Gebäuden und malerischen Gassen. Der Hafen war belebt mit Fischerbooten, Yachten und Ausflugsbooten, die im Wasser schaukelten. Auf der palmengesäumten Promenade flanierten Touristen und Einheimische, die Cafés und Restaurants waren gut besucht, die Luft erfüllt von den Düften leckerer griechischer Spezialitäten.

Auf einem malerischen Fischerboot entluden Fischer ihren Fang und sortierten die Ware in große Körbe, während Touristen die Szene neugierig beobachteten und Fotos machten. Kleine Verkaufsstände boten frische Meeresfrüchte, Souvenirs und handgefertigte Kunstwerke an.

Schließlich flanierten Jonas und Alex vom Hafen aus zur antiken Agora, einem der ältesten Marktplätze der antiken Welt und einer der beeindruckendsten Sehenswürdigkeiten der Stadt. Als sie sich näherten, konnten sie bereits von fern die Überreste antiker Säulen und Tempel erkennen, die einen faszinierenden Einblick in die Vergangenheit boten.

„Beeindruckend", sagte Jonas, während sie durch die antiken Ruinen stapften. „Es ist erstaunlich, wie viel hier noch erhalten ist."

„Ja, man hat das Gefühl, in die Vergangenheit zu reisen", stimmte Alex zu. „Man kann sich richtig vorstellen, wie es hier vor Tausenden von Jahren ausgesehen haben muss."

Sie gingen weiter und bestaunten die Überreste des antiken Marktplatzes. Riesige Säulen ragten in den Himmel, einige davon noch erstaunlich gut erhalten. Die Fundamente von Tempeln und anderen Gebäuden zeugten von der einstigen Pracht. Überall lagen verstreut Marmorblöcke und Steine, die einst Teil prächtiger Bauwerke gewesen waren.

Nachdem sie eine Weile durch die Ruinen gestreift waren, machten sie sich auf den Weg zur Ritterburg Neratzia. Die Festung, die von den Rittern des Johanniterordens im 14. Jahrhundert erbaut worden war, thronte imposant über der Umgebung. Ihre dicken Mauern und Türme gaben einen Eindruck von der Stärke und Macht, die sie einst besessen hatte.

„Die Burg sieht aus wie aus einem Märchen", bemerkte Jonas, als sie sich dem Eingang näherten.

„Lass uns reingehen und sie erkunden."

Sie betraten das Bauwerk durch das große Tor und fanden sich in einem weitläufigen Innenhof wieder. Der Boden war mit Kopfsteinpflaster bedeckt, und überall standen Informationstafeln, die die Geschichte der Burg erklärten. Sie gingen weiter, stiegen die steinernen Treppen hinauf und erreichten die oberen Mauern, von denen aus sie einen tollen Blick auf den Hafen und das Meer hatten.

„Wow, fantastisch!", sagte Jonas und lehnte sich gegen die Mauer, um die Aussicht zu genießen.

„Ja, man kann sich vorstellen, warum die Ritter diese Stelle gewählt haben", antwortete Alex. „Von hier oben hatten sie eine perfekte Sicht auf die Umgebung und konnten die Stadt optimal verteidigen."

Sie gingen weiter entlang der Mauern, vorbei an den alten Türmen und Wehrgängen. Überall gab es Hinweise auf die militärische Vergangenheit der Burg: Kanonen, Schießscharten und massive Tore, die den Angreifern standhalten sollten.

Nach einer Weile setzten sie sich auf eine Bank im Innenhof und ruhten sich ein wenig aus. Nachdem sie schweigend die besondere Atmosphäre des Ortes in sich aufgesogen hatten, sagte Alex:

„Übrigens, nachdem wir gestern über das Buch von James Clear gesprochen haben, musste ich noch an ein anderes Buch denken, das ich absolut inspirierend fand."

„Nämlich welches?"

„Pass auf, das wird dich jetzt vielleicht überraschen. Es ist ein ganz besonderes Buch."

„Erzähl schon!"

„Die Autobiografie von Benjamin Franklin."

„Okay, das klingt wirklich interessant."

„Ja. Eine absolut spannende Lektüre."

„Lass hören!"

„Franklin war ja eine unglaublich vielseitige Persönlichkeit. Abgesehen davon, dass er Präsident der

Vereinigten Staaten war, arbeitete er als Drucker, Erfinder, Wissenschaftler und Diplomat. Ein bisschen wie der Elon Musk seiner Zeit. Stell dir vor: Der Mann hatte sage und schreibe 16 Geschwister und wuchs in einer nicht gerade wohlhabenden Familie als Sohn eines Kerzenziehers auf. Und dann hat er sich zu einem der einflussreichsten Köpfe der Weltgeschichte entwickelt. Seine Autobiografie liest sich wie ein Abenteuerroman, nur dass alles tatsächlich so passiert ist."

„Wow, klingt wirklich spannend!"

„Was mich besonders fasziniert, ist sein enormer Abenteuergeist. Seine Experimente mit Elektrizität sind legendär. Stell dir vor, bei einem Gewitter einen Drachen steigen zu lassen, um Blitze zu erforschen! Das zeigt seinen Mut und seine Neugier."

„Oder vielleicht auch seine Verrücktheit?"

„Vielleicht. Und was mich auch extrem fasziniert hat, sind seine Methoden zur Selbstverbesserung. Und darauf wollte ich ja auch eigentlich hinaus. Seine phänomenalen Erfolge kamen nämlich nicht von ungefähr. Er hat sich selbst zu einem erfolgreichen Mann gemacht – und zwar nicht zuletzt mit der Macht der Gewohnheiten!"

„Inwiefern?"

„In seiner Autobiografie erzählt Franklin, wie er begann, an sich zu arbeiten. Er schildert eine interessante Anekdote über seine Probleme mit der Ordnung. Es scheint, dass er damit wirklich zu kämpfen hatte – sein Arbeitsplatz war ein einziges Chaos."

„Oje, wem sagst du das? Meine Wohnung ist eine Katastrophe."

„Dann wird dich die Story interessieren. Eines Tages bekam Franklin Besuch von einem älteren Herrn, der seinen unordentlichen Schreibtisch sah. Statt ihn zu kritisieren, gab der Mann Franklin einen praktischen Rat. Er schlug vor, dass Franklin zunächst alles aufräumen und jedes Ding an seinen richtigen Platz bringen sollte. Dann sollte er eine Woche lang jeden Abend alles wieder genau dorthin zurücklegen, wo es hingehörte."

„Okay..."

„Ich weiß schon. So weit nichts Besonderes. Das erzählen alle Eltern ihren Kindern."

„Aber irgendwie beruhigend zu wissen, dass selbst jemand wie Benjamin Franklin mit alltäglichen Problemen wie Unordnung zu kämpfen hatte, findest du nicht?"

„Stimmt. Jedenfalls, der eigentliche Clou an dem Ratschlag des Mannes war: Er sagte Franklin, dass es nach einer Woche schon deutlich leichter fallen würde, die Dinge an ihrem Platz zu lassen, und nach einem Monat würde es zur Gewohnheit werden.

Franklin, immer offen für gute Ratschläge, beschloss, es auszuprobieren. Und tatsächlich – er stellte fest, dass es funktionierte. Am Anfang war es natürlich mühsam, aber mit der Zeit wurde es einfacher, und schließlich wurde es zur Routine. Das abendliche Aufräumen wurde zu einem Automatismus, und er erledigte das mühelos und wie im Autopilotmodus."

„Verstehe...“

„Was ich an dieser Geschichte so interessant finde, ist, wie Franklin dadurch die Kraft der Gewohnheit entdeckte. Er verstand, dass man durch bewusste, wiederholte Handlungen über einen bestimmten Zeitraum hinweg neue Routinen entwickeln kann. Es zeigt nebenbei auch seine Bereitschaft, an sich zu arbeiten und Ratschläge anzunehmen.“

„Stimmt.“

„Jedenfalls: Diese Erfahrung prägte ihn so sehr, dass sie sein ganzes weiteres Leben bestimmte. Er wandte das Prinzip der wiederholten Übung auf verschiedene Bereiche seines Lebens an. Er hatte ein regelrechtes System entwickelt, um an seinem Charakter zu arbeiten. Und Vieles davon lässt sich auch heute noch anwenden.“

„Das klingt interessant. Was war das für ein System?“

„Im Kern ging es ihm um 13 Tugenden, die er für besonders wichtig hielt. Er erstellte eine Liste mit Tugenden wie Mäßigung, Ordnung, Entschlossenheit und Fleiß. Aber anstatt zu versuchen, an allen gleichzeitig zu arbeiten, was vermutlich zum Scheitern verurteilt wäre, ging er es systematisch an.

Er konzentrierte sich jeweils eine Woche lang auf eine bestimmte Tugend. Dafür hatte er ein kleines Büchlein, in dem er täglich seine Fortschritte notierte. Stell dir vor, eine Art Tagebuch, aber fokussiert auf Selbstverbesserung. Jeden Abend ging er den Tag durch und markierte mit einem schwarzen Punkt, wenn er gegen die Tugend der Woche verstoßen hatte. Und so ging er dann Woche für Woche die einzelnen Tugenden durch, bis er wieder bei der ersten ankam und den Zyklus von vorne begann. Er erkannte, dass Veränderung Zeit braucht und dass es effektiver ist, sich auf eine Sache nach der anderen zu konzentrieren.“

Jonas nickte nachdenklich.

„Was ich besonders interessant finde, ist, dass er nicht nach Perfektion strebte. Er akzeptierte, dass er Fehler machen würde, aber er wollte zumindest stetigen Fortschritt sehen. Und tatsächlich: Mit der Zeit bemerkte er, dass die schwarzen Punkte in seinem Buch weniger wurden.“

„Nicht schlecht.“

„Franklin sah das Ganze als lebenslangen Prozess. Er glaubte nicht daran, dass man irgendwann 'fertig' mit der Selbstverbesserung sei. Es ging ihm um kontinuierliches Wachstum und darum, ein besserer Mensch zu werden.“

„Beeindruckend.“

„Finde ich auch. Und weißt du, was mich daran ganz besonders beeindruckt? Die Kombination aus Ambition und Realismus. Er hatte hohe Ziele für sich selbst, war aber gleichzeitig pragmatisch in seinem Ansatz. Das ist etwas, was man auch heute noch anwenden könnte, findest du nicht?"

„Ja, das stimmt. Trotzdem finde ich das ganz schön übertrieben. 13 Tugenden...“

„Du hast schon Recht: Der Mann war schon außergewöhnlich ambitioniert. Man muss es ja nicht eins zu eins wie Benjamin Franklin machen. Aber man kann sich immerhin den einen oder anderen Aspekt von ihm abschauen."

„Das stimmt."

„Also", schloss Alex augenzwinkernd, „ich denke, wenn wir gemeinsam deinen Strategieplan entwickeln, wird bestimmt die eine oder andere Idee von Benjamin Franklin einfließen."

„Und dann werde ich am Ende noch Bundespräsident!"

„Exakt!", lachte Alex.

Nach ihrer Stadtbesichtigung beschlossen Jonas und Alex, noch einen Abstecher zum nahegelegenen Asklepieion zu machen. Sie nahmen den Bus, und bald erreichten sie die beeindruckende Anlage mit ihren enormen Ausmaßen. Die Stätte lag am Hang eines Hügels, umgeben von üppigem Grün und mit einem atemberaubenden Blick auf das tiefblaue Meer und die gegenüberliegende türkische Küste. Dabei handelte es sich um einen Gebäudekomplex, der sowohl einen Tempel für Äskulap beherbergte, den griechischen Gott der Heilkunst, als auch eine Klinik und Schule für Heilkunst.

Der Weg dorthin führte sie durch einen dichten Wald aus Pinien und Zypressen. Die Bäume warfen angenehme Schatten, und der Duft von Harz und frischen Nadeln erfüllte die Luft. Vögel zwitscherten fröhlich in den Bäumen, und ein lauer Wind raschelte durch die Blätter.

Als sie die antike Anlage schließlich erreichten, staunten sie über ihre Größe und Pracht. Marmorsäulen ragten in den Himmel, und die Überreste von

Tempeln und anderen Gebäuden zeugten von der einstigen Bedeutung dieses Ortes. Sie gingen langsam über das Gelände und ließen die Atmosphäre auf sich wirken.

„Das ist wirklich beeindruckend“, sagte Jonas ehrfürchtig. „Man spürt förmlich die Geschichte dieses Ortes.“

Sie gingen weiter und erreichten das Herzstück der Anlage: den Tempel des Asklepios, des Gottes der Heilkunst. Hier hatten die antiken Griechen Kranke behandelt und geheilt. Die Tempelruinen waren noch immer beeindruckend, und man konnte sich gut vorstellen, wie majestätisch der Tempel einst ausgesehen haben musste.

„Wusstest du, dass das Asklepieion einer der bedeutendsten Heiligtümer der Antike war?“, fragte Alex, während sie die Inschriftentafeln studierten, die die Geschichte des Ortes erklärten. „Und hier wurden die Grundlagen der modernen Medizin gelegt“, sagte der Therapeut nachdenklich. „Es ist erstaunlich, wie weitreichend der Einfluss dieses Ortes war.“

„Ja, und der Blick von hier oben ist wirklich toll“, sagte Jonas und deutete auf die türkische Küste, die klar und deutlich am Horizont zu sehen war. „Man kann verstehen, warum die Menschen damals dachten, dass dieser Ort magische Heilkräfte hat. Ich fühl mich direkt schon ein bisschen gesünder.“

Alex grinste:

„Ich glaube eher, das liegt am Radfahren und an der gesunden Ernährung.“

„Auch möglich", lachte Jonas.

Nachdem sie die Stätte ausgiebig erkundet hatten, setzten sie sich auf eine der vielen Bänke, die im Schatten der Pinien aufgestellt waren, und ließen die Eindrücke auf sich wirken. Jonas sah sich um und sog den Anblick nachdenklich in sich auf. Die Idylle der Landschaft und die ehrwürdigen Ruinen dieser heiligen Stätte des Gottes der Heilkunst verknüpften sich in seinem Inneren mit dem Wohlgefühl, dass er jetzt auf dem besten Wege war, ein gesünderes Leben zu führen. Und so wurde der Anblick dieses besonderes Ortes in seiner Seele zu einem Sinnbild eines besseren Lebens...

15

Der nächste Morgen brach mit strahlendem Sonnenschein und einer leichten Brise an. Jonas und Alex standen vor dem Hotel, ihre Fahrräder bereit für die nächste Herausforderung. Für heute hatten sie sich vorgenommen, das malerische Bergdorf Zia zu besuchen, das für seine atemberaubenden Aussichten und eine traditionelle Atmosphäre bekannt war. Die Strecke dorthin war fast doppelt so lang wie ihre letzte Radtour und führte über hügeliges Gelände.

„Bist du bereit für die Tour?", fragte Alex und grinste Jonas schelmisch an.

„Ja, ich bin gespannt", antwortete Jonas. „Ich fühle mich schon ein bisschen fitter als bei unserer letzten Tour. Der Muskelkater ist jedenfalls fast weg."

„Gut. Also ab mit uns!"

Sie schwangen sich auf ihre Räder und fuhren los. Der Weg führte sie zunächst entlang der Küste, dann bogen sie ab ins Landesinnere. Die steinige Straße schlängelte sich durch sanfte Hügel mit ihren Olivenhainen und Weinbergen. Die Luft war erfüllt vom Duft der blühenden Pflanzen und der warmen Erde. Als die Landschaft allmählich wieder hügeliger wurde, fragte Alex:

„Gehts dir gut?“

„Passt schon“, erwiderte Jonas, während er kräftig in die Pedale trat. „Ich glaube, dass ich wirklich langsam fitter werde.“

„Großartig!“, lobte Alex. „Du machst Fortschritte.“

Sie fuhren weiter, die Straße wurde immer kurvenreicher und steiler. Die Sonne brannte auf ihre Rücken, und Jonas konnte den Schweiß auf seiner Stirn spüren. Trotzdem kämpfte er sich tapfer weiter, entschlossen, die Herausforderung zu meistern. Die Anstrengung wurde durch die wunderschöne Landschaft belohnt, die immer spektakulärer wurde, je weiter sie in die Hügel vordrangen.

„Schau dir diese Aussicht an“, sagte Alex, als sie an einer kleinen Anhöhe hielten und einen Moment Pause machten. „Man kann fast die ganze Insel überblicken.“

„Atemberaubend!“, keuchte Jonas und wischte sich den Schweiß von der Stirn.

„Ja, atemberaubend passt!“, lachte Alex. „Man kann es förmlich hören!“

„Haha“, maulte Jonas.

Vor ihnen erstreckte sich die Insel Kos in ihrer ganzen Pracht. Die tiefblauen Wellen des Ägäischen Meeres umspülten ihre Küstenlinie und funkelten im Sonnenlicht. Nach einer kurzen Pause setzten sie ihre Fahrt fort. Die Straße führte sie durch pittoreske Dörfer, in denen das Leben in einem gemächlichen Tempo verlief. Die Einheimischen winkten ihnen freundlich zu, Kinder spielten in den schmalen Gassen. Der würzige Duft von gegrilltem Fleisch und frischen Kräutern lag in der Luft.

„Wir müssen unbedingt etwas essen, wenn wir in Zia ankommen", sagte Jonas.

„Definitiv", stimmte Alex zu. „Ich habe auch schon richtig Hunger."

Schließlich erreichten sie die letzten steilen Anstiege, die zum Bergdorf Zia führten. Jonas kämpfte sich tapfer den Berg hinauf, und schließlich hatten sie es geschafft. Sie standen am Eingang des urtümlichen Dorfes, das ganz unwirklich wirkte wie die Kulisse eines Märchenfilms. Sie ließen die Fahrräder für einen Moment stehen, um den Anblick zu genießen.

„Willkommen in Zia!", sagte Jonas stolz.

Das Dorf war ein wahrhaft wunderschönes Fleckchen, das sich behaglich an den Berghang schmiegte. Die weißen Häuser mit ihren blauen Fensterläden und blumengeschmückten Balkonen wirkten wie ein Postkartenmotiv. Enge, kopfsteingepflasterte Gassen schlängelten sich durch das Dorf, vorbei an kleinen Geschäften, Tavernen und Kunsthandwerksläden.

„Das ist wirklich ein Traum", sagte Jonas und sah sich um. „Ich fühle mich wie in einer anderen Welt."

„Ja, genau! Lass uns ein wenig herumgehen und die Gegend erkunden."

Sie schlossen ihre Fahrräder an einen Laternenpfahl, schlenderten durch die engen Gassen und ließen die Atmosphäre auf sich wirken. Überall gab es kleine Läden, die handgefertigte Produkte anboten, von Keramik und Schmuck bis hin zu lokalen Lebensmitteln und Gewürzen. Der Duft von Lavendel und Rosmarin erfüllte die Luft, und die Bewohner grüßten sie freundlich.

Schließlich fanden sie eine kleine Taverne mit einer Terrasse, die einen wunderbaren Blick über die Insel bot. Sie setzten sich und studierten die Karte.

„Gar nicht so leicht, Low Carb zu essen, wenn man im Restaurant ist, und kein Buffet zur Verfügung hat", sagte Jonas und runzelte die Stirn, während er die verschiedenen Gerichte durchging. Zu allem gab es Rosmarinkartoffeln, Pommes, Reis oder ähnliche kohlenhydratreiche Beilagen.

„Ja, das kann eine Herausforderung sein. Aber man muss die Dinge ja nicht einfach so als gegeben hinnehmen. Man kann Kartoffeln und Co. ganz einfach abbestellen und so praktisch aus den meisten Gerichten eine Low-Carb-Variante machen. So etwas nervt zwar manche Mitarbeiter in Restaurants, aber da muss man eben durch."

„Das ist eine gute Idee. Ich werde es ausprobieren."

Als der Kellner zu ihrem Tisch kam, gaben sie ihre Bestellung auf. Alex bestellte Souvlaki, traditionelle griechische Fleischspieße, und bat darum, die Beilage aus Pommes frites durch einen extra Salat zu ersetzen.

Der Kellner nickte und notierte die Bestellung. „Natürlich, kein Problem."

Jonas folgte Alex' Beispiel und entschied sich für gegrillten Oktopus, ein traditionelles griechisches Gericht, das meist mit Kartoffeln und Brot serviert wird. Er bat darum, diese Beilagen durch gegrilltes Gemüse zu ersetzen.

Nachdem sie ihre Bestellung aufgegeben hatten, lehnte sich Jonas zufrieden zurück:

„Ich bin gespannt, wie die Gerichte schmecken."

„Wie kommst du überhaupt inzwischen mit Low Carb klar?", fragte Alex und nahm einen Schluck von seinem Wasser.

„Ich muss zugeben, es läuft besser, als ich erwartet hätte. Ich habe tatsächlich viel weniger Heißhunger als noch vor ein paar Tagen. Und die Gerichte, die wir bisher gegessen haben, haben wirklich gut geschmeckt."

„Das klingt doch super", sagte Alex ermutigend.

„Naja", fügte Jonas hinzu und lachte leicht, „ich muss ehrlich gesagt schon oft an die leckeren Sünden am Buffet denken, besonders die Desserts. Aber dadurch, dass wir so viel unternehmen, bin ich meistens abgelenkt und vergesse diese Anwandlungen schnell wieder."

Alex nickte anerkennend:

„Das ist ein gutes Zeichen. Du scheinst dich schon ganz gut daran gewöhnt zu haben. Und glaub mir, es wird noch leichter. Die ersten Tage sind immer die schwersten, und du bist dabei, sie erfolgreich zu meistern."

„Ich hoffe es", sagte Jonas. „Es fühlt sich jedenfalls schon besser an."

„Und du machst es auch goldrichtig, dass du dich ablenkst von den Gelüsten und dich aktiv betätigst. Und genau so solltest du es zuhause auch weiter halten."

Jonas nickte, während der Kellner ihre Gerichte brachte. Die Souvlaki von Alex sahen saftig und appetitlich aus und verströmten einen unwiderstehlichen Duft, dazu ein frischer, knackig aussehender Salat. Auch Jonas' gegrillter Oktopus mit dem gegrillten Gemüse sah unglaublich lecker aus.

„Lass es dir schmecken", sagte Alex und hob sein Glas. „Auf unser Wohl!"

„Auf unser Wohl!", erwiderte Jonas und stieß mit Alex an.

Das Essen erwies sich als wohlschmeckend und sättigend, und Jonas musste zugeben, dass ihm nichts fehlte. Zwar wären Pommes schön gewesen, aber es ging sehr gut auch ohne. Zur Belohnung bestellten die beiden zum Dessert einen Obstteller, dazu eine Tasse Kaffee.

Als sie schließlich ihr kleines Festmahl beendet hatten, schauten sie über die sonnenbeschienene Insel, und Jonas sagte:

„So lässt es sich leben."

„Und ganz ohne Reue!"

In dem Moment brummte Alex' Handy. Er schaute drauf und schüttelte entnervt den Kopf:

„Michelle."

„Hattest du ihr nicht geschrieben wegen der Kontaktsperre?"

„Ja. Aber sie hält sich nicht dran."

„Und? Wie gehst du jetzt damit um?"

„Ich ignoriere es. Ich hatte ihr geschrieben, dass es besser ist, wenn wir bis zum Ende des Urlaubs keinen Kontakt haben. Und das ziehe ich jetzt durch."

„Gut so! Und wie fühlst du dich damit?"

„Leicht ist das nicht. Es stresst mich, und ich denke immer, dass es unfair und hart ist, sie zu ignorieren. Aber ich weiß schon, dass es besser so ist."

„Ja. Ich finde, du machst alles richtig. Vielleicht stellst du dein Handy einfach konsequent in Flugmodus. Dann stresst es dich auch nicht mehr so."

„Naja...", entgegnete Alex, „ich muss schon auch erreichbar sein für meine Mitarbeiter."

„Musst du das?"

„Ja, schon. In den letzten Tagen hatte ich immer wieder mal Nachrichten mit Nachfragen. Darauf muss ich reagieren."

„Wirklich? Was könnte denn so dringend sein, dass man es unbedingt von Griechenland aus sofort regeln muss?"

Alex stöhnte, sagte aber nichts.

„War es wirklich so dringend? Konnten deine Leute das nicht selbst entscheiden?"

Alex überlegte und sagte schließlich:

„Nein... so dringend war es nicht."

„Also! Deine Leute sind offensichtlich daran gewöhnt, dich für jede kleine Entscheidung zu fragen.

Lass sie doch mal selber Entscheidungen treffen. Die werden sich bestimmt gut damit fühlen, ein bisschen mehr Verantwortung zu haben."

„Kann schon sein."

„Dann mach es so! Mach eine Ansage, dass sie dich wirklich nur in dringenden Fällen kontaktieren sollen und dass du nur abends deine Nachrichten checkst. Und dann genießt du deine freie Zeit! Schließlich brauchst du die Erholung!"

Nach kurzem Zögern gab Alex zurück:

„Du hast völlig Recht."

Damit tippte er auf das Handydisplay, steckte es weg und sagte:

„Urlaub ist Urlaub!"

16

Einige Tage später saßen Jonas und Alex nach dem Frühstück im Hotelrestaurant noch gemütlich beisammen, um die Pläne für den Tag zu besprechen. Die Sonne strahlte durch die großen Fenster und sorgte für eine freundliche, sorgenfreie Stimmung. Der Duft von frisch gebrühtem Kaffee und gebackenen Croissants erfüllte die Luft. Alex nahm einen Schluck von seinem Kaffee und sah Jonas an:

„Weißt du was? Ich denke, es wird mal Zeit, dass wir uns endlich zusammensetzen und ein Strategiepapier für dich entwerfen. Wir hatten ja schon öfter mal angedacht, einen konkreten Plan für dich zu machen, für die nächste Zeit."

„Ja, du hast Recht. Ich schätze, das wäre wirklich hilfreich."

„Wie wäre es, wenn wir es uns in einer Strandbar gemütlich machen? Da können wir entspannt sitzen, und du kannst dir Notizen machen."

„Klingt gut."

Kurz darauf machten sich auf den Weg. Sie verließen das Hotel und gingen den sandigen Weg hinunter, der direkt zum Strand führte. Die Sonne stand hoch am Himmel, und eine sanfte Brise wehte vom Meer herüber. Der Duft von frischem Seegras lag in der Luft, und das Rauschen der Wellen wirkte beruhigend und wohltuend.

Nach einigen Gehminuten gelangten sie zu einer hübschen Beachbar, einer charmanten, offenen Konstruktion aus Holz und Bambus, mit einem Dach aus Palmwedeln, das angenehmen Schatten spendete. Bunte Hängematten und Liegestühle waren rund um die Bar verstreut, und die Atmosphäre war entspannt und einladend. Sie fanden einen schönen Platz mit Blick aufs glitzernde Meer und setzten sich.

Alex lehnte sich zurück und genoss für einen Moment die Aussicht:

„Das ist wirklich der perfekte Ort, um Pläne zu schmieden", sagte er lächelnd.

„Ja, finde ich auch", stimmte Jonas zu und ließ seinen Blick über den Strand und das Meer schweifen.

„Gut", sagte Jonas, nahm einen Notizblock und einen Stift aus seiner Tasche und sagte:

„Ich bin bereit. Lass uns loslegen."

„Okay. Gehen wir mal systematisch vor. Was sind deine wichtigsten Baustellen? Wo siehst du den größten Handlungsbedarf?“

Jonas überlegte einen Moment und begann dann aufzuzählen:

„Ernährung, definitiv. Ich muss meine Essgewohnheiten in den Griff bekommen. Dann das PC-Zocken. Ich verbringe zu viel Zeit damit und vernachlässige andere Dinge. Meine Schulden sind auch ein großes Problem. Und außerdem wird es Zeit, dass ich mich um einen neuen Job kümmere.“

Alex nickte:

„Das sind auf jeden Fall wichtige Punkte. Schreib sie auf, damit wir sie einzeln durchgehen können.“

Jonas nahm den Stift und begann, die vier Punkte in den Notizblock zu schreiben:

- Ernährung
- PC-Zocken
- Schulden
- Neuer Job

„Gut“, sagte Alex, als Jonas fertig war. „Das sind klare, konkrete Bereiche, an denen wir arbeiten können. Lass uns die Punkte jetzt einzeln durchgehen und sehen, wie wir für jeden einen Plan entwickeln können.“

„Gerne.“

„Lass uns mit dem Thema Ernährung anfangen. Was das betrifft, hast ja schon viel geschafft, Jonas. Du hast dir die wichtigsten Grundkenntnisse angeeignet und weißt, dass Low Carb für dich funktioniert. Jetzt gilt es, das Thema noch zu vertiefen.“

Jonas nickte und hörte aufmerksam zu.

„Ich schlage vor, dass du dich noch weiter damit beschäftigst", fuhr Alex fort. „Besorg dir ein paar gute Rezeptbücher. Schließlich hast du zu Hause kein Buffet, und du musst dich aktiv darum kümmern. Es gibt viele tolle Low-Carb-Rezepte, die nicht nur gesund sind, sondern auch lecker."

„Gute Idee", sagte Jonas und machte sich eine Notiz.

„Dazu ein kleiner Lifehack von mir: Du könntest alle paar Tage Salat und Gemüse klein schneiden und dann über mehrere Tage in einer großen Tupperdose vorrätig halten. Dann brauchst du dich nicht jeden Tag ums Schnibbeln zu kümmern. Wenn du Gurken, Tomaten, Paprika, Möhren und ähnliches Gemüse verwendest, kannst du es ohne Probleme einige Tage im Kühlschrank lagern, ohne dass es schlecht wird. Und dann kannst du dir bei Bedarf immer eine kleine Menge davon nehmen. Ich habe das eine Zeitlang auch so gemacht, und das funktioniert super."

„Jetzt machst du das nicht mehr?"

„Dafür bleibt mir einfach keine Zeit. Stattdessen kaufe ich mir im Supermarkt Fertigsalate aus dem Kühlregal. Keine optimale Lösung, aber funktioniert auch."

„Okay, aber ich finde beide Tipps gut", erwiderte Jonas und schrieb es sich auf.

„Und ich habe auch noch einen Geheimtipp für Momente, wenn mich die Lust auf Süßes packt."

„Und zwar?"

„Ich habe immer einen Vorrat an Protein-Pudding zuhause. Kennst du das? Seit ein paar Jahren gibt es in fast jedem Supermarkt diese Dinger. Meistens heißen die 'High Protein Pudding' oder so. Die sind praktisch immer mit kalorienarmen Süßstoffen gesüßt und zuckerfrei."

„Ja, das habe ich schon mal gesehen. Aber gab es da nicht mal kritische Berichte, die gesagt haben, dass die gar nicht so gesund sind?"

„Ja, ich weiß. Meistens ist das Fazit solcher Berichte, dass man als normaler Mensch gar nicht so viel Protein braucht und dass das Geldschneiderei wäre und so. Aber ich frage dich: Wenn du die Wahl hast zwischen einer Tafel Schokolade mit 600 Kalorien, die nur aus gesättigten Fetten und Zucker besteht, oder einem Schokopudding, der 20 Gramm Eiweiß enthält, null Zucker und nur 150 Kalorien: Was ist dann wohl gesünder?"

„Ja, okay. Das stimmt schon."

„Diese Puddings gibt es in verschiedenen Geschmacksrichtungen wir Schoko, Vanille, Haselnuss und so weiter, sogar mit Protein-Sahne-Häubchen oder als Mousse au Chocolat. Ich gebe meist noch eine Handvoll Heidelbeeren dazu oder manchmal auch ein paar Nüsse – und ich habe einen tollen süßen Snack, der 100 Prozent Low Carb ist und gesunde Nährstoffe liefert. Und das Wichtigste ist: er sättigt und befriedigt die Lust auf Süßes."

„Okay, du hast mich überzeugt."

„Außerdem kann ich dir ein sehr gutes Buch zum Thema Ernährung empfehlen", fügte Alex hinzu.

„'Der Ernährungskompass' von Bas Kast. Es bietet fundierte Informationen und praktische Tipps, die dir helfen werden, deine Ernährung noch besser in den Griff zu bekommen. Meiner Meinung nach das umfassendste und am besten recherchierte Buch zu dem Thema. Sehr interessant, gut geschrieben und ausgesprochen lesenswert."

„Der Ernährungskompass", wiederholte Jonas und schrieb den Titel auf. „Das klingt vielversprechend."

Alex lehnte sich zurück und sah Jonas nachdenklich an:

„Ein weiterer wichtiger Punkt ist, wie du in Zukunft generell mit Verlangen nach Snacks umgehen willst. Schließlich hattest du in Frankfurt zwei herbe Rückfälle. Es ist wichtig, dass wir einen Plan entwickeln, um solche Rückfälle in Zukunft zu verhindern."

Jonas seufzte leise und nickte:

„Ja, das war wirklich hart. Ich will das nicht noch einmal durchmachen."

„Ich meine, Low Carb hilft zwar sehr gegen Heißhungerattacken. Trotzdem beschleicht uns ja doch hin und wieder eine Lust auf Leckereien. Lass uns überlegen, welche Strategien dir helfen können, wenn das Verlangen wieder aufkommt."

Jonas nickte.

„Eine der effektivsten Methoden gegen Verlangen ist Ablenkung", sagte der Therapeut. „Darüber hatten wir ja auch schon gesprochen. Statt ständig an die Leckereien zu denken und sich in ein inneres Tauziehen reinzusteigern, ob man es sich nun gönnen sollte oder nicht, ist es besser, sich gar nicht erst auf solche Verhandlungen mit dem inneren Schweinehund einzulassen und sich stattdessen aktiv abzulenken und sich körperlich oder geistig zu beschäftigen. Was fällt dir da ein?"

„Naja, ein paar Dinge haben wir ja schon entdeckt. Spazieren gehen und dabei Hörbücher hören. Oder Rad fahren. Das haben wir hier ja schon viel gemacht, und es hat mir immer gut getan."

Er überlegte und fügte hinzu:

„Dann könnte ich ja auch mal wieder anfangen zu lesen, statt nur Hörbücher zu hören. Besonders jetzt, wo du mir den 'Ernährungskompass' empfohlen hast. Lesen ist ja auch eine gute Möglichkeit, den Kopf zu beschäftigen."

„Sehr gut. Was noch?"

„Ich könnte mich im Fitnessstudio anmelden und trainieren gehen. Oder zu Hause ein paar Übungen machen", fuhr Jonas fort.

„Oder beides!", sagte Alex. „Das ist eine ausgezeichnete Strategie. Schreib es auf!"

So tat Jonas.

„Was ist mit kreativen Beschäftigungen?", fragte Alex.

„Stimmt, ich könnte mich auch kreativ betätigen", sagte Jonas. „Vielleicht etwas malen oder zeichnen, das habe ich früher gerne gemacht. Und sowieso werde ich an der Website arbeiten, die ich für dich entwerfen soll. Das wird mich auch geistig fordern und ablenken."

„Absolut! Aber über das Thema Job sprechen wir ja noch. Auf jeden Fall hatten wir ja auch die Idee gehabt, gemeinsam Gitarre zu lernen. Und ich finde immer noch, dass wir das unbedingt tun sollten."

„Ja, finde ich auch!", sagte Jonas und schrieb es sich auf.

„Das sind eine Menge großartige Ideen, Jonas. Jetzt geht es darum, dass du dir angewöhnst, dass du diese Aktivitäten immer dann gezielt einsetzt, wenn du merkst, dass das Verlangen aufkommt – und dass daraus Gewohnheiten werden!"

Jonas nickte.

„Es geht darum, eine Toolbox zu haben, auf die du zurückgreifen kannst. Je mehr Optionen du hast, desto leichter wird es dir fallen, das Verlangen zu überwinden."

„Ja. Macht absolut Sinn."

„Gut. Lass uns nun über das PC-Zocken reden, Jonas. Bitte überleg mal: Was sind die Auslöser, die dich zum Zocken verleiten?"

Jonas seufzte und begann aufzuzählen:

„Langeweile, Stress, schlechte Laune, einfach allgemein emotionale Verstimmungen. Es ist für mich wie eine Art Flucht vor der Realität."

„Ja, das sind ganz typische Auslöser. Das Gute ist: Du kannst hier genau dieselben Strategien anwenden wie beim Verlangen nach Leckereien. Ablenkung durch sinnvolle und angenehme Aktivitäten kann dir ganz genauso helfen, dem Drang zu zocken zu widerstehen. Aber ich denke, es ist wichtig, dass wir hier noch einen Schritt weiter gehen."

Jonas schaute ihn neugierig an:

„Was meinst du genau?“

„Ich habe dir das ja schon einmal empfohlen, aber ich möchte es noch einmal betonen“, sagte Alex mit Nachdruck. „Du solltest tatsächlich radikal alle Spiele von deiner Festplatte löschen und alle Spielutensilien weggeben. Da du einen ziemlich eindeutigen Hang zur Spielsucht zeigst, ist es nicht sinnvoll, einen kontrollierten Umgang damit anzustreben. Eine Radikalkur ist hier der bessere Weg. So wie ein Alkoholiker keinen Tropfen Alkohol mehr trinken sollte, solltest du überhaupt nicht mehr zocken.“

Jonas dachte einen Moment darüber nach und spürte, dass ihn der Gedanke wehmütig machte:

„Verstehe. Es ist nur... schwer, sich davon zu trennen. Ich meine, ich habe wirklich viele aufregende und schöne Stunden damit verbracht...“

„Ich weiß, dass es schwer ist“, sagte Alex mitfühlend. „Aber denk daran, was du dadurch gewinnst. Du hast jetzt ein ganzes Arsenal an Freizeitbeschäftigungen, mit denen du die Leere füllen kannst, die entsteht, wenn du nicht mehr zockst. Es wird nicht leicht, aber es ist machbar. Und vor allem: Du wirst dich daran gewöhnen!“

Jonas seufzte erneut, diesmal tief und entschlossen. „Du hast Recht. Ich werde es tun. Ich werde alles löschen und weggeben.“

„Sehr gut!“, freute sich Alex. „Und noch etwas: Du könntest die gewonnene freie Zeit auch dafür nutzen, deine Wohnung mal von Grund auf aufzuräumen und dauerhaft Ordnung zu halten. Denk an

Benjamin Franklin, der jeden Tag Zeit für Ordnung und Sauberkeit reserviert hatte. Das könnte ein guter Schritt für dich sein, um Struktur in deinen Alltag zu bringen. Psychologen sind sich darüber einig, dass ein ordentliches und strukturiertes Umfeld sich sehr vorteilhaft auf die Psyche und das Wohlbefinden auswirken."

„Ja, ich muss zugeben, das ist eine gute Idee. Ich könnte wirklich etwas mehr Ordnung in meinem Leben gebrauchen."

„Es wird dir helfen, dich besser zu fühlen und deine Ziele zu erreichen."

„Ja, da ist bestimmt was Wahres dran."

Er schreib sich den Punkt auf.

„Kommen wir zum nächsten Punkt: deinen Schulden. Lass uns mal genau überlegen: Wofür gibst du dein Geld aus?"

Jonas seufzte und begann aufzuzählen:

„Für Essen, Süßigkeiten, aber auch für PC-Spiele, für Game-Zubehör und für diese ganzen Ausrüstungen, die man innerhalb der Spiele für reales Geld kaufen kann."

„Gut, diese Probleme werden sich ja erübrigen, wenn du dich an die neuen Gewohnheiten hältst. Wofür gibst du sonst noch Geld aus?"

„Ehrlich gesagt shoppe ich gerne online, oft auch sehr impulsiv", gab Jonas zu. „Es ist so fatal einfach, schnell etwas zu kaufen, wenn man es sieht."

Alex lachte:

„Das kenne ich leider nur zu gut. Dafür habe ich auch einen guten Tipp für dich!"

„Da bin ich gespannt..."

„Nämlich die 24-Stunden-Regel. Sie besagt: Wenn man online etwas sieht, was man haben will, kauft man es nicht sofort, sondern man setzt es erst mal nur auf die Wunschliste. Nach 24 Stunden schaust du es dir noch einmal an und entscheidest dann, ob du es wirklich brauchst. Meist ist nach 24 Stunden das erste Begehren verschwunden, und man sieht ein, dass es ein unnötiger Lustkauf gewesen wäre. Die meisten Anschaffungen erübrigen sich auf diese Art."

„Ziemlich schlau! Ich werde das ausprobieren."

„Mach das zu deiner Gewohnheit", riet Alex. „Das wird dir helfen, impulsives Einkaufen zu kontrollieren. Außerdem rate ich dir, sämtliche Bons, Belege und Onlinerechnungen zu sammeln und dir dann einmal im Monat einen Überblick zu verschaffen, wofür du wie viel Geld ausgegeben hast."

„Das klingt nach viel Arbeit", ächzte Jonas.

„Ja, es ist etwas Aufwand", gab Alex zu. „Aber so schlimm nun auch wieder nicht. Auf diese Weise wird dir erst mal so richtig deutlich, wie viel Geld immer so draufgeht. Auch das solltest du dir zur Gewohnheit machen. So gewinnst du die Kontrolle über deine Ausgaben und siehst klar, wo du sparen kannst."

Jonas nickte und schrieb auch diesen Tipp auf.

„Ich bin sicher, dass du das schaffst", sagte Alex ermutigend. „Lass uns jetzt zum letzten Punkt kommen: dein neuer Job."

Alex lehnte sich in seinem Stuhl zurück und sah Jonas nachdenklich an. „Jetzt, wo du eh dein Leben umkrempelst und keine Zeit mehr fürs PC-Zocken verbrennst, hast du Zeit gewonnen, um deine berufliche Zukunft zu planen und zu organisieren. Je gründlicher du das machst, desto besser kannst du verhindern, dass du wieder in ein toxisches Arbeitsverhältnis gerätst, dass dich krank macht."

„Das hoffe ich!"

„Nun... du hast mir angeboten, eine Website für mich aufzubauen. Das ist wirklich großartig von dir. Und das bringt mich zu einer Überlegung: Hast du jemals darüber nachgedacht, dich selbständig zu machen?"

Jonas blinzelte überrascht:

„Selbständig? Das habe ich bisher nicht ernsthaft in Betracht gezogen. Aber die Idee hat schon einen gewissen Reiz."

„Lass uns das mal durchdenken", sagte Alex. „Wenn du dein eigener Chef bist, kannst du deine Arbeitszeiten selbst bestimmen und Projekte annehmen, die dir wirklich Spaß machen. Du hast die Freiheit, deine eigenen Visionen umzusetzen."

Jonas lächelte bei der Vorstellung. „Das klingt wirklich gut. Ich mag die Idee, mein eigener Chef zu sein."

„Ich muss natürlich dazusagen... und ich spreche da aus eigener Erfahrung... dass ein eigener Betrieb auch ganz schön stressig sein kann. Du musst lernen, es schlauer zu machen als ich und dich nicht von der Arbeit auffressen zu lassen, wie ich das gemacht habe. Aber die Vorteile der Selbstständigkeit sind zahlreich."

„Zum Beispiel?", fragte Jonas interessiert.

„Nun, zunächst einmal die Flexibilität", begann Alex. „Du kannst dir deine Zeit frei einteilen und Projekte nach deinen eigenen Vorlieben und Fähigkeiten auswählen. Du bist nicht an die Vorgaben eines Arbeitgebers gebunden und kannst deine eigenen Entscheidungen treffen. Außerdem hast du die Möglichkeit, direkt von deinen Erfolgen zu profitieren. Jeder Kunde, den du gewinnst, jede erfolgreiche Website, die du erstellst, bringt dir nicht nur Geld, sondern auch Anerkennung und Zufriedenheit."

„Das klingt verlockend. Aber wie fange ich so etwas an?"

„Es gibt viele Möglichkeiten, für die Gründung deines eigenen Geschäfts Fördergelder zu beantragen", erklärte Alex. „Du könntest dich nach einer Existenzgründungsberatung umsehen. Sie kann dir helfen, einen soliden Geschäftsplan zu erstellen und dich durch den Dschungel der Bürokratie zu führen. Außerdem gibt es online viele Informationsquellen, die dir weiterhelfen können."

„Klingt nicht schlecht", sagte Jonas. „Ich werde mich mal darüber informieren und sehen, welche Möglichkeiten ich habe."

„Das ist der richtige Weg", ermutigte ihn Alex. „Mit deiner Erfahrung als Webdesigner hast du eine solide Basis. Und vergiss nicht, dass du auf dem Weg viele Unterstützungsangebote in Anspruch nehmen kannst."

Jonas blickte auf seine Notizen und seufzte:

„Da habe ich mir ja ganz schön was vorgenommen."

„Ja, das stimmt. Aber das Gute ist, dass du es ja im Grunde immer mit denselben Problemen zu tun hast: Du hast Auslöser wie Langeweile, Verlangen oder schlechte Stimmung und hattest dir dafür schlechte Verhaltensweisen angewöhnt: Fressen, zocken, Onlineshopping. Nun gewöhnst du dir für diese Auslöser neue Reaktionen an: Sport, sinnvolle Beschäftigung, kreative Hobbys. Das heißt, du kannst mehrere Fliegen mit ein und derselben Klappe schlagen."

„Stimmt. So betrachtet ist es eigentlich ganz überschaubar."

„Was du jetzt noch brauchst, ist eine konkrete Strategie für Rückfälle. Denn du musst realistischerweise damit rechnen, dass die vorkommen können."

„Ja, das stimmt. Ich hatte ja schon einige davon."

„Aber das muss dich nicht in die Verzweiflung treiben. Falls du einen Rückfall baust, lässt du dich nicht entmutigen und kehrst umgehend wieder zum neuen Programm zurück. Es ist wichtig, dass du sie nicht als Versagen siehst, sondern als Gelegenheit, daraus zu lernen und stärker zurückzukommen."

„Okay... das hatten wir ja schon. Hilf mir mal. Wie war das noch?"

„Na, so wie wir das vor ein paar Wochen bei mir in der Praxis gemacht haben. Mach dir genau bewusst, wie es dazu gekommen ist. Welchen Auslöser gab es? Wie genau ist es dazu gekommen, dass du dich für den Rückfall entschieden hast, anstatt dem neuen Plan zu folgen? Welche Gedanken waren damit verbunden? Welche Gefühle? Und dann überlegst du dir, was du konkret in der nächsten ähnlichen Situation tun kannst, damit es dir nicht wieder passiert."

„Ja, stimmt."

„Ein großer Fehler wäre es, in Katastrophendenken zu verfallen. Oft passiert es, dass man denkt: Jetzt ist eh alles egal, da kann ich auch das Handtuch werfen. Und schwupps!, ist man wieder im alten Trott."

„Ja, genau so war es bei mir bei meinem letzten Rückfall."

„Diese Art zu denken ist ab jetzt verboten! Ich biete dir an, dass du mich in solchen Notfällen anrufen kannst. Meistens hilft ein Gespräch mit einem Vertrauten, den Kopf wieder gerade zu rücken und wieder ins positive Denken und auf den richtigen Weg zurückzufinden."

„Das ist ein tolles Angebot. Danke!"

„So, und ich glaube fest, dass du es mit all diesen Tools schaffen kannst, dir ein neues, besseres Leben aufzubauen."

„Ja, mit diesem Plan könnte es wirklich funktionieren."

„Wird es!"

„Danke dir, Alex!"

„So, und jetzt springen wir ins Meer! Mein Kopf qualmt!"

„Gute Idee... aber Moment! Was ist mit DIR?"

„Was soll mit mir sein?"

„Naja, du brauchst auch noch einen Plan!"

„Brauche ich einen?"

„Ja natürlich! Für Michelle. Und für deine Arbeitswut."

„Ach, da war ja was...", ächzte Alex. „Können wir das ein andermal machen? Für heute reichts mir."

„Klar!"

17

Am nächsten Morgen beschlossen Alex und Jonas, einen weiteren Ausflug zu unternehmen. Mit gepackten Rucksäcken machten sie sich auf den Weg zum Hafen von Mastichari, um die beliebte Drei-Insel-Bootstour zu machen. Im Ort angekommen genossen sie einen kurzen Spaziergang durch die idyllischen Gassen, vorbei an den hübschen weißen Häusern und blauen Fensterläden und den blühenden Drillingsblumen und duftenden Zitrusbäumen. Als sie sich schließlich dem Hafen näherten, konnten sie das sanfte Rauschen der Wellen und das Geschrei der Möwen hören.

„Ich bin richtig gespannt", sagte Jonas, „ein paar der umliegenden Inseln zu erkunden."

„Ja, die Bootstour soll wirklich toll sein."

Am Hafen angekommen, fanden sie das kleine Ticketbüro, das bunt mit Fotos und Plakaten der verschiedenen Touren dekoriert war und holten Tickets, die bemerkenswert preiswert waren – dafür, dass sie den ganzen Tag im Boot unterwegs sein würden und noch ein Lunch in einem Restaurant inklusive war.

Mit ihren Tickets machten sich die zwei auf den Weg zum Boot. Es war ein recht großes, weißes Schiff mit zwei Decks, das bequem Platz für die vielen Ausflügler bot. Gemeinsam mit rund achtzig weiteren Gästen gingen sie an Bord. Auf dem unteren Deck befanden sich gemütliche Sitzbänke und Tische, während das obere Deck offene Sitzgelegenheiten und einen fantastischen Blick auf das Meer bot. Es gab sogar eine ganze Reihe Sonnenliegen.

„Das sieht genial aus“, sagte Jonas. „Ich denke, ich werde die meiste Zeit auf dem oberen Deck verbringen.“

„Ich auch“, stimmte Alex zu. „Und zwar auf den Sonnenliegen. Da sind noch welche frei!“

Sie belegten zwei Liegen mit ihren Sachen und ließen dann ihre Blicke über den Hafen schweifen. Fischerboote und Yachten schaukelten sanft in den Wellen, und die Sonne glitzerte auf dem klaren Wasser. Um sie herum herrschte geschäftiges Treiben, als andere Passagiere ebenfalls an Bord gingen und sich auf den Ausflug vorbereiteten.

Schließlich machte eins der Besatzungsmitglieder, ein sportlicher Grieche mittleren Alters, eine Durchsage, hieß die Gäste willkommen und erklärte dann die bevorstehende Tour:

„Zunächst fahren wir nach Kalymnos, wo wir die Gelegenheit haben werden, das Inselinnere zu erkunden und mehr über die traditionelle Schwammtaucherkultur zu erfahren. Einst lebten die Einwohner hauptsächlich vom Schwammtauchen, heute zeugen noch viele Überreste davon. Noch immer werden hier in vielen Geschäften Schwämme verkauft. Bekannt ist die Insel auch für ihre beeindruckenden Kletterfelsen, die Kletterer aus aller Welt anziehen. Aber auch Taucher, Wanderer und Strandliebhaber kommen hier auf ihre Kosten. Auf der Insel werden Sie in einem Hafenrestaurant mittagessen."

„Klingt schon mal gut", sagte Jonas.

„Dann geht es weiter nach Plati, das ist eine kleine, unbewohnte Insel, wo Sie hervorragend schnorcheln können. Und schließlich fahren wir zur dritten Insel: Pserimos", fuhr der Mann fort, „wo Sie an einem wunderschönen Strand schwimmen und schnorcheln können."

„Das klingt fantastisch", sagte Jonas. „Ich freue mich besonders auf das Schwimmen und Schnorcheln."

Bald darauf legte das Boot ab, und die zwei spürten die laue Brise des Meeres angenehm in ihren Gesichtern, während sie aus dem Hafen hinausfuhren. Das Boot glitt sanft über das türkisfarbene Wasser, und Alex und Jonas genossen den atemberaubenden Ausblick auf das offene Meer. Die Sonne strahlte vom klaren, blauen Himmel, und das Glitzern der Wellen war fast hypnotisch.

Als das Boot näher an die Insel Kalymnos heranfuhr, konnten sie den Hafen von Pothia sehen, der Hauptstadt von Kalymnos. Die weißen Häuser mit ihren roten Ziegeldächern und die bunten Fischerboote, die im Hafen dümpelten, bildeten ein idyllisches Bild, während die Insel mit ihrer schroffen Felsenlandschaft einen imposant wilden Eindruck machte. Das Boot legte langsam an, und die Passagiere begannen, über die Gangway von Bord zu gehen.

Kaum waren sie an Land, machten sich die zwei auf den Weg zur berühmten Shoppingmeile und ihren berühmten Schwammgeschäften. Die Straßen waren gesäumt von kleinen Geschäften, die eine Vielzahl von Schwämmen in allen Formen und Größen anboten. Einige waren so groß wie Teller, während andere gar die Größe von Basketbällen hatten. Sie sahen massenhaft kleine Schwämme in zarten Gelbtönen, deren Oberflächen grob und porös waren, perfekt geeignet für die sanfte Reinigung der Haut. Darüber hinaus gab es kunstvoll gefertigte Schwämme, die in allen erdenklichen Formen geschnitzt waren. Einige waren in Form von Seesternen oder Fischen gestaltet, andere hatten die Form von Blumen oder Muscheln. Diese dekorativen Stücke waren nicht nur nützlich, sondern auch hübsch anzusehen. Jonas kaufte einen kleinen Seestern-Schwamm als Andenken.

Nach ihrem Spaziergang durch die Shoppingmeile machten sie sich zum vorgegebenen Zeitpunkt auf den Weg zum Hafenrestaurant, wo sie ihr Mittagessen bekommen würden. Hier versammelten sich gerade die übrigen Passagiere des Ausflugsbootes.

Sie setzten sich auf die Terrasse am Kai und genossen die Aussicht auf die Schiffe, die im Hafenbecken schaukelten, während sie die Speisekarte durchgingen. Sie hatten die Wahl zwischen drei Gerichten.

„Ich nehme den gegrillten Fisch mit Salat, bitte ohne Pommes“, sagte Jonas zum Kellner.

„Und ich hätte gerne das Gyros, auch mit Salat und ohne Pommes“, fügte Alex hinzu.

Der Kellner lächelte und notierte die Bestellungen.

„Ich sehe, du bist konsequent“, lobte Alex. „Gut so!“

„Ja, inzwischen habe ich mich echt dran gewöhnt. Und ich vermisse nichts!“

Schließlich wurde das Essen serviert, und sie genossen ihre Gerichte, die frisch und anständig zubereitet waren.

Kurz darauf bestiegen sie wieder das Boot, das sie zu ihrer nächsten Insel bringen würde: Plati. Das Boot glitt über das funkelnde Blau des Meerwassers, und nach einer Weile näherten sie sich dem Eiland. Es war klein und von grünen Hügeln und felsigen Küsten geprägt, ein Ort, der den Eindruck erweckte, als wäre er von der übrigen Welt unberührt geblieben. Das Boot legte in einer kleinen, geschützten Bucht an. Der Anblick war herrlich: Das Wasser schimmerte kristallklar in verschiedenen Blautönen, die von türkis bis tiefblau reichten. Der weiße Sandstrand erstreckte sich sanft ins Wasser, und dahinter erhoben sich grüne Hügel, die mit vereinzelten Felsen durchsetzt waren.

„Willkommen auf Plati“, verkündete der Kapitän. „Hier werden wir eine halbe Stunden verbringen. Sie haben die Möglichkeit zu schwimmen, zu schnorcheln oder einfach nur die Ruhe zu genießen."

Alex und Jonas zogen sich ihre Badesachen und Schnorchelausrüstungen an und liefen ins Wasser. Es war angenehm warm und so klar, dass sie bis auf den Grund sehen konnten. Sie schnorchelten eine Weile und bewunderten die bunte Unterwasserwelt mit ihren Fischen. Die felsige Unterwasserwelt hier war nicht unbedingt spektakulär, aber doch bevölkert von unterschiedlichsten Fischen und durchaus sehenswert. Nachdem sie genug geschnorchelt hatten, kehrten sie zum Boot zurück, und bald darauf ging es weiter zur dritten Station, nach Pserimos.

Während der Fahrt erzählte der griechische Steward den Passagieren mehr über die Geschichte und die Besonderheiten der nächsten Station. Pserimos, eine kleine und ruhige Insel, war bekannt für ihre Traumstrände und die entspannte Atmosphäre. Es gab nur wenige Einwohner und keine großen Hotels, was der Insel ihren ursprünglichen Charme bewahrt hatte.

Schließlich erreichten sie das idyllische Eiland. Das Boot legte langsam an einem kleinen Steg an, und die Passagiere verließen das Boot und machten sich auf den Weg zum Strand. Der Sand war weich und warm unter ihren Füßen, und das klare Wasser lud förmlich zum Schwimmen ein. Sie suchten sich einen Platz im Schatten einer Palme, breiteten ihre Handtücher aus und zogen ihre Badesachen an.

„Das Wasser sieht herrlich aus", sagte Jonas und trat näher an die Wellen heran.

„Ja, es ist perfekt“, bestätigte Alex. „Rein mit uns!“

Lachend rannten sie ins Wasser und tauchten in die erfrischenden Wellen ein. Das Wasser war kristallklar, und sie konnten bis auf den sandigen Grund sehen. Fische schwammen um ihre Füße, und die sanften Wellen umspielten ihre Körper.

Nach einer Weile kehrten sie zum Strand zurück und machten es sich auf ihren Strandhandtüchern bequem.

„Das ist der perfekte Ort, um die Seele baumeln zu lassen“, sagte Jonas zufrieden.

„Ja, absolut“, antwortete Alex lächelnd. „Wie ist es möglich, dass ich all die Jahre auf so etwas verzichtet habe!“

„Du hast jederzeit die Chance, das zu verändern!“, gab Jonas zurück.

„Das stimmt. Und das will ich auch. Sag mal... wir hatten ja eh davon gesprochen, dass wir zusammen eine Strategie entwickeln, wie ich es schaffe, mein Arbeitspensum in den Griff zu bekommen.“

„Genau.“

„Hättest du jetzt den Nerv dazu?“

„Klar.“

„Okay. Dann los! Ich brauche dafür deine Hilfe. Ich sehe den Wald vor lauter Bäumen nicht.“

„Gerne. Wir hatten ja letztens davon gesprochen, dass du mehr Aufgaben und Entscheidungen an dein Team delegieren könntest. Das wäre ein guter Anfang.“

„Ja, das stimmt", sagte Alex nachdenklich. „Ich habe ein brauchbares Team, aber ich neige dazu, alles selbst machen zu wollen."

„Warum?"

„Keine Ahnung. Die machen halt Fehler und sind nicht so perfekt, wie ich es gerne hätte."

„Hmm... Vielleicht könntest du damit anfangen, den Leuten nochmal ein spezielles Coaching zu geben und sie an ihren Schwachstellen zu verbessern. Und ihnen dann mehr Vertrauen entgegenzubringen."

„Ja, ich weiß. Das sollte ich wohl."

„Und selbst wenn mal nicht alles perfekt läuft – du wirst deswegen nicht gleich pleite gehen, oder?"

„Das stimmt."

„Ein weiterer Punkt ist dein Kontrollzwang", fuhr Jonas fort. „Du musst lernen, loszulassen und darauf zu vertrauen, dass die Dinge auch ohne deine ständige Überwachung gut laufen."

„Das ist leichter gesagt als getan", gab Alex zu. „Aber du hast recht. Ich muss daran arbeiten, diesen Kontrollzwang aufzugeben."

„Du hattest bereits gesagt, dass du einen Therapeuten hattest. Ich würde an deiner Stelle wirklich nochmal mit ihm Kontakt aufnehmen und mit ihm gezielt genau daran arbeiten."

„Ja, das werde ich machen."

„Außerdem habe ich mir überlegt: Vielleicht könntest du eine zusätzliche Kraft einstellen", schlug Jonas vor. „Jemand, der dich entlastet und administrative Aufgaben übernimmt. So hättest du mehr Zeit für die wirklich wichtigen Dinge."

„Das ist keine schlechte Idee", sagte Alex. „Eine Praxismanagerin oder ein Praxismanager könnte mir viel Arbeit abnehmen. Das kostet natürlich."

„Aber gibt dein Budget das her?"

„Ja, schon, denke ich."

„Und wegen der vielen Krankheitsfälle wäre vielleicht auch ein zusätzlicher Therapeut gut, falls das Budget das zulässt."

„Das müsste ich nochmal durchrechnen. Aber klar. Da könnte noch was gehen."

„Dann würde ich dir dringend raten, nicht an der falschen Stelle zu sparen und tatsächlich noch jemanden einzustellen. Im Interesse deiner eigenen Gesundheit."

„Ja, du hast völlig Recht. Dann könnte ich meine Arbeitszeiten reduzieren", überlegte Alex. „Ich könnte meine Wochenstunden verringern und dafür sorgen, dass ich mehr Zeit für mich selbst habe."

„Das klingt nach einem guten Plan", sagte Jonas. „Du könntest auch bestimmte Tage für administrative Aufgaben reservieren und andere Tage für die Behandlung von Patienten. So kannst du deine Zeit besser einteilen."

„Auch eine gute Idee."

„Und vielleicht redest du mal offen mit deinen Leuten, ob sie zufrieden sind mit dem Arbeitsklima und was aus ihrer Sicht besser laufen könnte. Ich sage das deshalb, weil die vielen Krankheitsfälle ja vielleicht auch darin ihre Ursache haben könnten, dass die Leute unzufrieden sind – aus welchem Grund auch immer. Aber das kannst du nur im offenen Gespräch rauskriegen."

Alex dachte nach und sagte schließlich:

„Das wird nicht einfach. Ich bin kein großer Fan von Kritik."

„Wer ist das schon? Aber ich glaube, dass das sehr aufschlussreich sein könnte. Vielleicht haben die Leute ja Probleme, von denen du nicht einmal etwas ahnst."

„Ja, das ist wohl richtig. Das werde ich so machen."

Eine Weile lang lagen sie nachdenklich in der Sonne, bis Jonas sagte:

„Und wie sieht es aus mit der Michelle-Situation? Hast du inzwischen eine Entscheidung getroffen, was deine Beziehung betrifft?"

Alex seufzte tief:

„Ja, ich habe endgültig beschlossen, mich zu trennen. Aber ganz ehrlich? Mir graut vor dem Trennungsschmerz. Ich schätze du hattest völlig Recht: Ich brauche auch einen Plan, um damit klarzukommen."

„Ja, ich glaube tatsächlich, das könnte helfen. Das Gute ist, dass du ja eh deinen Therapeuten wieder aktivieren willst. Dein Therapeut kann dir perfekt helfen, auch den Trennungsschmerz zu verarbeiten."

„Ja, das wird hilfreich sein."

„Und ich bin auch gerne jederzeit da, um dir zu helfen. Wann immer du reden möchtest oder einfach Ablenkung brauchst: Melde dich einfach."

Alex lächelte dankbar.

„Und dann brauchst du Ablenkung!“, fuhr Jonas fort. „Genau wie du es mir für meine Baustellen geraten hast. Psychologen empfehlen ja, sich bei Trennungsschmerz bewusst auch mal abzulenken. Wir können gemeinsam Unternehmungen planen. Ob Spaziergänge, Radtouren, gemeinsam Gitarre spielen oder einfach nur entspannte Abende – Hauptsache, du bist beschäftigt und hast nicht ständig Zeit, über die Trennung nachzugrübeln und im Sumpf der Traurigkeit zu versinken.“

„Du hast Recht. Und damit können wir uns perfekt gegenseitig unterstützen.“

„Ganz genau!“, lachte Jonas, „Und schließlich: Denk daran, dass Zeit der beste Heiler ist. Der Schmerz wird nicht sofort verschwinden, aber mit der Zeit wird er weniger. Halte durch und sei geduldig mit dir selbst.“

Alex atmete tief durch und nickte. Schließlich fügte er schmunzelnd hinzu:

„Und wir können ja auch mal zusammen abends ausgehen, ganz altmodisch auf Brautschau gehen!“

„Ja, absolut!“

„Danke, Jonas. Ich schätze, so kriege ich das hin mit der Trennung.“

„Garantiert!“, sagte Jonas. „Und jetzt gehen wir noch eine Runde ins Wasser, bevor das Boot wieder ablegt!“

18

Die nächsten Tage vergingen wie im Flug. Alex und Jonas nutzten jede Gelegenheit, die sonnige Insel zu erkunden und sich körperlich zu betätigen. Sie machten lange Spaziergänge entlang der Küste, joggten frühmorgens am Strand und nutzten regelmäßig den Fitnessraum des Hotels. Die Low-Carb-Ernährung funktionierte hervorragend, und Jonas merkte, wie sich sein Körper immer besser an den neuen Lebensstil anpasste. Er fühlte sich energiegeladen und motiviert, weiterzumachen.

Und dabei gab es etwas, das ihn zusätzlich bei der Stange hielt und worauf Jonas mit besonderer Vorfreude hinfieberte: den Cheatday.

Drei Tage vor ihrer Abreise war es endlich soweit. Der Tag, an dem sie sich erlaubten, alles zu essen, was sie wollten. Sie hatten ihn bewusst so gelegt, dass Jonas noch zwei Tage hatte, um sich nach dem kontrollierten Rückfall wieder auf Spur zu bringen, bevor es nach Hause ging.

Am Morgen dieses besonderen Tages trafen sich Alex und Jonas beim Frühstück. Jonas' spürte eine kindliche Aufregung, als sie das Buffet betraten.

„Heute ist der Tag", sagte Alex und grinste. „Genieß ihn in vollen Zügen."

„Worauf du dich verlassen kannst!"

Sie traten an das Buffet, das wie immer reichhaltig und verlockend war. Doch heute gab es keine Einschränkungen. Jonas ging zielstrebig zu den verbotenen Zonen des Buffets und begann mit aufgeregt pochendem Herzen, seinen Teller zu füllen.

Er nahm sich Pancakes, die perfekt gebräunt und noch warm waren. Als nächstes ließ er Ahornsirup in goldenen Strömen über den kleinen Stapel fließen, bis die Pfannkuchen von dem köstlichen Saft nur so troffen. Dann nahm er sich einen zweiten Teller und griff zu den im Ofen überbackenen Käsesandwiches, die er schon seit Tagen immer wieder verstohlen beäugt hatte und die knusprig und goldbraun waren und wahres Gaumenglück verhießen. Der Käse war zerlaufen und quoll verführerisch aus den Rändern heraus.

„Das sieht unglaublich aus", seufzte Jonas und drehte sich zu Alex um. „Und wie das duftet!"

Alex lachte:

„Du hast dir diesen Tag verdient. Lass es dir schmecken!"

Jonas setzte sich an den Tisch und wartete, bis Alex ebenfalls sein Essen geholt hatte. Der Therapeut hatte sich Brot und Käse genommen, die er genüsslich beäugte.

„Bist du bereit?" fragte Alex, als er sich setzte.

„Mehr als bereit", antwortete Jonas und griff nach seinem Besteck.

Sie begannen zu essen, und Jonas fühlte sich wie im Schlemmerhimmel. Die Pancakes waren fluffig und süß, der Ahornsirup schmeckte nach purer Glückseligkeit. Die Käsesandwiches waren knusprig und herzhaft, der zerlaufene Käse ein Traum.

„Das ist einfach unglaublich", sagte Jonas mit vollem Mund. „Ich hatte fast vergessen, wie gut das schmeckt."

„Genieß es", sagte Alex lächelnd. „Ein Cheatday kann Wunder wirken und echte Glücksmomente bescheren."

„Das Krasse ist", antwortete Jonas und nahm einen weiteren Bissen, „dass diese Sachen sogar noch dreimal so lecker schmecken wie normalerweise!"

„Weil du so lange drauf verzichtet hast. Die verbotenen Früchte sind eben die leckersten!"

„Stimmt. Und dazu kann man es ganz ohne jedes schlechte Gewissen genießen, und dadurch schmeckt es noch viel besser!"

Mal plaudernd, mal still schlemmend aßen sie ihre Teller leer. Als Jonas fertig war, sagte er:

„Wow, war das gut!"

„Na los! Der nächste Gang wartet!"

Jonas lachte:

„Ob du es glaubst oder nicht: Ich bin wirklich satt. Mehr geht nicht rein!"

„Dann iss auch nicht mehr. Ich habe das zwei-, dreimal erlebt, dass ich es bei einem Cheatday massiv übertrieben hatte. Mir ging es danach so schlecht, dass ich geradezu krank war. Den Fehler habe ich nicht mehr gemacht – zumindest eine Zeitlang nicht – bis es mir dann doch wieder passiert ist. Aber das ist dumm, weil man sich ja dadurch den eigentlichen Spaß des Cheatdays versaut, nämlich den Genuss ohne Reue. Und wenn du jetzt zu viel isst, dann hast du nichts mehr vom Lunch und vom Dinner."

„Das stimmt. Wow, ich wüsste zu gerne, wie viel wir heute zunehmen. Bestimmt ein Pfund mindestens."

„Wohl kaum. Der Körper kann gar nicht mehr als 200, maximal 300 Gramm Fett am Tag zunehmen. Deswegen fällt so ein Cheatday kaum ins Gewicht. Zunehmen tut man nicht von gelegentlichem Sündigen, sondern davon, dass man Tag für Tag ein bisschen mehr isst als nötig."

„Verstehe."

„So, und jetzt lassen wir es uns gutgehen! Null Sport, stattdessen legen wir schön die vollgefutterten Plauzen in die Sonne!"

„Perfekt!"

Sie machten es sich am Pool gemütlich, wo sie faul in den Liegestühlen lagen, plauderten und Hörbücher hörten. Die Sonne schien heiß auf ihre Haut, und das Plätschern des Wassers sorgte für eine entspannte Geräuschkulisse.

Zur Mittagszeit machten sie sich auf den Weg zum Restaurant. Das Buffet war wieder reichlich gedeckt, und Jonas konnte es kaum erwarten, sich erneut den kulinarischen Freuden hinzugeben. Da er es beim Frühstück nicht übertrieben hatte, hatte er bereits wieder Appetit für die nächste Ladung Gaumensünden. Jonas ließ sich diesmal saftige Cheeseburger und knusprige Pommes Frites schmecken, während Alex sich eine große Portion Lasagne gönnte. Sie saßen draußen auf der Terrasse und genossen die warme Brise, die vom Meer herüberwehte.

„Und?", fragte Alex, „Wie schmeckts?"

„Es ist genau wie heute morgen! Das ist der beste Burger, den ich je hatte!"

Alex lachte und erwiderte:

„Dann haben wir alles richtig gemacht!"

Der Nachmittag verlief genauso entspannt wie der Vormittag. Sie planschten ein bisschen im Pool und ließen sich von der Sonne verwöhnen. Am Abend machten sie sich erneut auf den Weg zum Restaurant, um das Dinner zu genießen. Jonas entschied sich für eine große Portion Spaghetti Carbonara, während Alex eine saftige Pizza bestellte, und die beiden schwelgten in ihren Genüssen, ließen sich gegenseitig kosten, lachten, schwatzten und tranken dazu ein wenig Wein. Nach dem Essen gönnten sie sich noch einen Drink zur Verdauung und plauderten, bis eine angenehme Bettschwere den Anlass gab, den Abend zu beenden.

Jonas ließ sich erschöpft, aber glücklich auf sein Bett fallen, lächelte vor sich hin und zog sein Fazit des Tages: So gut gegessen wie heute hatte er noch nie in seinem Leben, und das nur dank der langen Abstinenz davor. Das also war die wahre Kunst des Genießens. Zumindest für ihn. Nun war er restlos überzeugt von dem Konzept „Low Carb mit Cheatdays".

Er zog die Bettdecke über sich und schloss die Augen. Selig schlief er schließlich ein, in dem Wissen, dass er auf dem richtigen Weg war, seine Gesundheit und sein Wohlbefinden dauerhaft zu verbessern.

Am nächsten Morgen erwachte Jonas mit einem bohrenden Heißhunger, der ihn sofort aus dem Bett trieb. Er hatte das Gefühl, als hätte er seit Tagen nichts mehr gegessen. Sein Magen knurrte laut und unüberhörbar. Mit grummelndem Bauch und schweren Schritten machte er sich auf den Weg zum Restaurant, wo er sich mit Alex zum Frühstück verabredet hatte.

Als er das Restaurant betrat, sah er Alex bereits an einem Tisch sitzen. Alex lächelte ihm zu und winkte ihn herüber. Jonas setzte sich zu ihm.

„Guten Morgen, Jonas. Wie gehts dir?“ fragte Alex mit wissendem Grinsen.

Jonas seufzte:

„Um ehrlich zu sein, habe ich einen unglaublichen Kohldampf. Seit dem Aufwachen kann ich nur an Pancakes und Käsetoast denken.“

Alex lachte herzlich:

„Tja, so ist das leider nach einem Cheatday. Das Insulin wurde wieder angetriggert und fordert Nachschub an Kohlenhydraten. Die hohe Kunst besteht nun darin, nicht in den alten Trott zurückzufallen und trotz Heißhunger zum Low Carb zurückzukehren.“

„Das klingt einfacher, als es ist“, murmelte Jonas und schaute sehnsüchtig zum Buffet.

„Ich weiß“, antwortete Alex. „Im Grunde ist ein Cheatday so etwas wie ein kontrollierter Rückfall. Deswegen ist es wichtig, dass du jetzt stark bleibst. Widerstehe dem Drang nach Verbotenem und halte dich stur an das Low-Carb-Konzept. Spätestens morgen oder übermorgen ist der Heißhunger dann wieder weg. Und um den Kohlenhydrat-Jieper zu befriedigen, helfen ja Bananen."

Mit einem weiteren Seufzer stand Jonas auf und ging zum Buffet. Lustlos griff er nach Rührei, Quark und ein paar Baby-Bananen. Die Pancakes und der Käsetoast lockten ihn verführerisch, doch er widerstand der Versuchung und kehrte mit seinem Low-Carb-Frühstück zum Tisch zurück.

„Das sieht gut aus", sagte Alex ermutigend, als Jonas sich wieder setzte. „Glaub mir, du wirst dich nach dem Essen besser fühlen." Alex selbst hatte sich mit einem Obstteller begnügt.

Jonas nickte und begann zu essen. Er kaute langsam, versuchte, die Konsistenz und den Geschmack des Rühreis und des Quarks zu genießen, doch die Lust auf die Köstlichkeiten auf dem Buffet ließ ihn nicht los. Widerwillig biss er gelegentlich in eine Banane. Als er schließlich fertig war, stellte Jonas mit einiger Verwunderung fest, dass er wider Erwarten satt war.

„Und? Wie geht es dir jetzt?", fragte Alex.

„Der Hunger ist weg, erstaunlicherweise."

„Siehst du? Das ist ein guter Anfang", sagte Alex und lächelte. „Bleib für heute standhaft, und in den nächsten Tagen wird es wieder leichter sein, Low Carb zu essen. Du hast es schon weit geschafft, Jonas. Ich bin stolz auf dich."

Nach dem Frühstück machten sich die beiden auf den Weg zum Fitnessraum des Hotels. Sie waren entschlossen, den Tag aktiv zu beginnen und ihren Körpern etwas Gutes zu tun. Sie trainierten intensiv, schwitzten und pushten sich gegenseitig. Nach dem Training fühlte sich Jonas ein wenig besser, obwohl der Heißhunger schon wieder anfing, gemein an ihm zu nagen.

Zur Mittagszeit begaben sie sich erneut zum Buffet. Der bohrende Hunger machte Jonas fertig, aber er vertraute darauf, dass Alex Recht behielt und er den Heißhunger nur besiegen konnte, wenn er konsequent bei Low Carb blieb. Und so füllte er seinen Teller mit gegrilltem Gemüse, Salat und einem Stück gebratenem Hähnchen. Alex wählte ebenfalls gesunde Optionen und lächelte Jonas aufmunternd zu, während sie sich setzten.

„Heute ist echt die Hölle", stöhnte Jonas. Ich komme mir vor wie ein Junkie, der dringend einen Schuss braucht."

Alex lachte:

„Ja, das kenne ich gut!"

Nachdem sie gegessen hatten, fühlte sich Jonas tatsächlich wieder angenehm gesättigt, und so kehrte die Hoffnung zurück, dass er bald wieder mühelos auf dem gesunden Pfad wandeln würde.

Am Nachmittag machten sie einen langen Spaziergang am Strand. Das Wetter war perfekt, die Sonne schien und eine leichte Brise kühlte die Luft. Sie genossen die Ruhe und das sanfte Rauschen der Wellen, während sie barfuß durch den Sand liefen.

Abends kehrten sie zurück zum Buffet. Aufs Neue kämpfte Jonas mit dem Heißhunger, aber auch diesmal blieb er standhaft und wählte Salat, Gemüse und gegrilltes Fleisch. Und obwohl es eine enorme Herausforderung war, fühlte er sich nach dem Essen zufriedener.

Am nächsten Morgen erwachte Jonas und stellte erleichtert fest, dass der Heißhunger verschwunden war. Er fühlte nur noch einen gesunden Appetit und freute sich auf ein gesundes Frühstück. Als er und Alex sich im Restaurant trafen, grinste Jonas breit:

„Ich kann es kaum glauben, aber der Heißhunger ist tatsächlich weg", sagte er gut gelaunt.

„Sag ich ja!"

Beim Frühstück wählte Jonas erneut gesunde Low-Carb-Optionen. Er genoss frischen Quark, Omelette und frisch geschnittenes Obst.

„Weißt du was?", sagte Jonas und seufzte. „Ich werde das Salat- und Gemüsebuffet zuhause vermissen."

„Wer hätte das gedacht?", lachte Alex. „Aber du musst es ja gar nicht vermissen. Im Gegenteil: Du kannst dich doch von dem Essen hier inspirieren lassen und ähnliche Gerichte zuhause zubereiten."

„Schon", antwortete Jonas und nickte. „Allerdings ist es natürlich komfortabler, wenn das Essen schon zubereitet ist."

„Tja", lachte Alex, „da musst du wohl noch einige Websites bauen, bis du dir Personal leisten kannst, das dir dein Essen zubereitet!"

„Haha...", maulte Jonas.

„Du musst eben dein eigenes Personal sein: Denk an meinen Lifehack und schnibbel dein Gemüse für ein paar Tage im Voraus. Dann hast du die anderen Tage immer den Luxus, dass es schon fertig ist."

„Ja, stimmt."

„Das wird schon, Jonas. Ich habe ein gutes Gefühl bei dir."

Am Tag der Abreise sollte sich zeigen, ob Alex' gutes Gefühl berechtigt war. Wie am ersten Abend geplant gingen sie morgens zum Fitnessraum, um Jonas zu wiegen. Auf dem Weg dorthin war er ziemlich nervös, aber zugleich einigermaßen zuversichtlich.

„Jetzt bin ich wirklich gespannt!", lächelte Alex, als sie im Duschraum ankamen. „Der Moment der Wahrheit!"

Jonas räusperte sich schweigend und zog seine Schuhe aus. Bevor er sich auf die Waage stellte, sagte er:

„Ich gebe zu, ich bin ziemlich aufgeregt. Meine Hände zittern richtig!" Er zeigte Alex seine Hände.

„Na los! Zier dich nicht!"

Jonas gab sich einen Ruck, betrat die Waage – und traute seinen Augen nicht:

„92!", rief er lachend. „Das gibt es ja gar nicht!"

„Doch, das gibt es!", erwiderte Alex. „Du hast dich konsequent Low Carb ernährt – von dem Cheatday mal abgesehen – und wir waren die ganzen Tage sehr aktiv und haben viel Sport gemacht. Und so hast du pro Woche ein Kilo abgenommen."

„Sensationell!", freute sich Jonas. „Ich hätte nicht gedacht, dass das so zügig geht."

„Aber wie gesagt: Das ist nur eine Zahl. Das Entscheidende ist: Wie fühlst du dich?"

„Ich fühle mich... großartig. Ich könnte Bäume ausreißen. Oder Palmen!“

„Und genau darauf kommt es vor allem an. Jonas, du bist auf einem tollen Weg! Gratuliere!“

Daraufhin nahm Jonas den Therapeuten fest in den Arm und sagte:

„Danke!“

19

Drei Monate waren vergangen, seit Jonas und Alex aus ihrem Urlaub zurückgekehrt waren. Es war eine Zeit großer Veränderungen und mancher kleiner Krisen gewesen. Seit einigen Wochen war Jonas nicht mehr auf der Waage gewesen. Irgendwie hatte er das Gefühl gehabt, sich nicht dauernd kontrollieren zu wollen. Doch heute wollte er wissen, wie sein Gewicht sich verändert hatte. Mit einer Mischung aus Hoffnung und Nervosität ging er ins Badezimmer...

Nach der Reise hatte Jonas sich fest vorgenommen, die Low-Carb-Ernährung konsequent beizubehalten und regelmäßig Sport zu treiben. Und Alex hatte Recht behalten: Dank der Kraft der Gewohnheit war es ihm nicht einmal sonderlich schwer gefallen, auf diesem Weg zu bleiben. Im Gegenteil: Die neue Lebensweise war ihm zum Bedürfnis geworden und hatte nichts mehr mit einem inneren Kampf zu tun. Die Bewegung und der Sport machten ihm Freude, und mit der neuen Ernährungsweise kam er gut zurecht. Kleinere Krisen hatte er mit Alex' Hilfe und seinem Zuspruch gut bewältigt.

Zweimal die Woche ging er joggen, drehte seine Runden durch den Park und genoss die frische Luft und die Bewegung. Das Auto ließ er jetzt immer öfter stehen und nahm stattdessen das Fahrrad. Zusätzlich besuchte er zweimal die Woche das Fitnessstudio, wo er Krafttraining an den Geräten machte und seine Muskeln stärkte. Tägliche Spaziergänge rundeten sein Programm ab. Dabei hörte er weiterhin gute Hörbücher, die zusätzlich seinen Geist fit hielten, während er die PC-Zockerei erfolgreich aus seinem Leben verbannt hatte, indem er wie geplant seine Festplatte radikal von allen Spielen gereinigt und sämtliche Utensilien bei Ebay verkauft hatte.

Die positiven Veränderungen waren deutlich spürbar. Jonas fühlte sich energiegeladen und fit. Seine Stimmung war erheblich besser, und er hatte das Gefühl, endlich die Kontrolle über sein Leben zurückgewonnen zu haben.

Und nun wollte er konkret wissen, ob sich das alles auch auf der Skala zeigen würde. Er atmete tief durch, bevor er vorsichtig auf die Waage stieg. Dann schaute er nach unten und hielt den Atem an, als die Anzeige aufleuchtete: 79 Kilo!

Jonas konnte es kaum glauben. Er hatte sein Ziel erreicht! Und das schneller, als er es je zu hoffen gewagt hätte! Ein überwältigendes Gefühl von Freude und Erleichterung durchströmte ihn, und er spürte, wie ihm eine Träne aus dem Auge kullerte.

Er trat von der Waage und stellte sich vor den Spiegel. Wo vorher Speckrollen gewesen waren, sah er jetzt Ansätze trainierter Muskeln durchschimmern. Seine Arme und Beine waren kräftiger und straffer, sein Bauch flacher. Sein Gesicht wirkte frisch und gesund. Das Spiegelbild, das ihm entgegenblickte, war ein völlig anderer Mensch als der, der vor einigen Monaten in den Urlaub gestartet war.

„Ich hab's geschafft", flüsterte Jonas, während er seine Muskeln im Spiegel betrachtete. „Ich hab es wirklich geschafft!"

Ein beglücktes Lächeln breitete sich auf seinem Gesicht aus. Er griff nach seinem Handy und schickte Alex eine Textmessage.

„Hey Alex! Ich wollte dir nur sagen, dass ich gerade auf der Waage war – 79 Kilo! Ich habs geschafft! Danke für deine Unterstützung all die Monate."

Es dauerte nicht lange, bis sein Handy vibrierte und Alex' Antwort auf dem Bildschirm aufleuchtete:

„Herzlichen Glückwunsch, Jonas! Das sind fantastische Neuigkeiten! Lass uns das heute Abend feiern! Wie wäre es mit einem guten Essen beim Inder?"

Jonas lächelte und tippte schnell seine Antwort:

„Klingt großartig!"

Und so verabredeten sie sich für diesen Abend.

Als Jonas das Restaurant betrat, wehten ihm die verlockenden Düfte von gegrilltem Fleisch und würzigem Curry entgegen. Das Restaurant war opulent eingerichtet, mit einer Menge an pittoresken indischen Deko-Elementen. An den Wänden hingen bunte, handgefertigte Wandteppiche mit verspielten Motiven, die Szenen aus dem ländlichen Indien darstellten – Tempel, Elefanten und exotische Landschaften. In einer Ecke des Raumes stand eine große

Statue von Ganesha, dem elefantenköpfigen Gott, geschmückt mit Blumengirlanden, die einen leichten Hauch von Jasmin verströmten. Alex saß bereits an einem Tisch und winkte ihm zu. Die beiden Freunde begrüßten sich, und Alex gratulierte noch einmal. Während sie sich setzten, fragte Alex:

„Und? Wann hattest du deinen letzten Cheatday?"

Jonas lachte:

„Vor zehn Tagen. Ich leiste mir alle 14 Tage einen."

„Das klingt vernünftig", antwortete Alex und nickte anerkennend. „Trotzdem ist es wohl okay, sich heute mal wieder etwas zu gönnen", fügte er augenzwinkernd hinzu."

„Definitiv", stimmte Jonas zu. „Ich freue mich schon auf das Essen. Indisch ist perfekt als kleine Belohnung."

„Im Übrigen hast du ja jetzt dein Gewichtsziel erreicht und willst nicht weiter abnehmen. So gesehen kannst du ruhig öfter einen Cheatday einlegen. Ich persönlich mache das einmal die Woche. Und dabei bin ich auch nicht übertrieben strikt. Ich versuche, diesen Cheatday regelmäßig am selben Wochentag zu haben, nämlich am Sonntag. Aber wenn es mal eine Feier gibt oder ich mit jemandem schick essen gehe oder so, dann lege ich den Cheatday entsprechend auch mal auf einen anderen Tag."

„Klingt vernünftig", sagte Jonas.

„Und du kannst auch mal generell probieren, vorsichtig ein bisschen mehr Carbs zu essen – natürlich in Form von Naturreis, Haferflocken, gutem Vollkornbrot und ähnlichen gesunden Produkten statt Pommes, Pasta, Weißbrot und Co. Jetzt geht es ja nur noch darum, das Gewicht zu halten. Nur übertreibe es bloß nicht, damit du nicht wieder in die Insulin-Falle tappst."

„Klar."

„So, jetzt aber genug gepredigt!", schloss Alex.

Genüsslich blätterten sie durch die Speisekarte, die vor verlockenden Gerichten strotzte. Nach kurzer Überlegung entschieden sie sich beide für ihre Favoriten: Jonas bestellte Chicken Tikka Masala und Basmatireis, während Alex ein Lamm Rogan Josh wählte, dann stießen sie auf Jonas' Erfolg an.

Seit dem Urlaub hatten sie sich wöchentlich gesehen. Sie hatten ihren Plan wahr gemacht und einen gemeinsamen Gitarrenkurs begonnen. Danach gingen sie meist noch etwas trinken oder essen und tauschten sich intensiv aus. An zwei Wochenenden hatten sie auch schon längere Radtouren unternommen.

Inzwischen hatte Jonas auch die Website für Alex' Praxis gestaltet, und der Therapeut war begeistert gewesen. Er hatte ihn sogar einigen Patienten weiterempfohlen, und so hatte Jonas schon drei weitere Kunden an Land gezogen und war fleißig und erfolgreich dabei, weitere zu akquirieren. Mithilfe eines professionell gestalteten Businessplans hatte er Fördergelder bekommen und war dabei, sich zunächst in seinem Arbeitszimmer eine kleine Firma aufzubauen, und das lief vielversprechend: Es sah so aus, als ob er schon bald ordentliche Gewinne machen würde.

Während sie aßen, fragte Jonas:

„Was gibt's Neues bei dir, Alex? Du grinst so."

„Tja, mein Lieber... Ich habe online jemanden kennengelernt. Wir haben schon ein paar Mal gechattet und wollen uns demnächst treffen. Und die Lady macht einen vielversprechenden Eindruck."

„Das ist großartig!" sagte Jonas begeistert. „Herzlichen Glückwunsch! Ich drück dir die Daumen!"

„Danke", sagte Alex. „Ich bin extrem gespannt."

In diesem Moment kam das Essen. Der Duft der frisch zubereiteten Gerichte strömte in ihre Nasen, und beide freuten sich auf die kulinarische Belohnung. Während sie aßen, fragte Jonas:

„Hast du eigentlich mal wieder was von Michelle gehört?"

Alex schüttelte den Kopf. „Nein, sie lässt mich in Ruhe. Sie hat die Trennung akzeptiert."

„Und? Inzwischen bist du drüber weg, oder?"

„Schon. Klar habe ich immer wieder mal komische Anwandlungen, aber ich komme damit zurecht. Und die Arbeit lenkt mich ab."

„Sehr gut! Und wie läuft es in der Praxis inzwischen?", fragte Jonas, nachdem er einen Schluck genommen hatte.

„Besser denn je", gab Alex fröhlich zurück. „Der neue Praxismanager ist wirklich gut. Er nimmt mir viele Aufgaben ab, und ich kann mich mehr auf die Patienten und auch auf mich selbst konzentrieren. Es ist eine große Erleichterung."

„Sehr gut!“

„Übrigens: Das habe ich dir ja noch gar nicht erzählt!“

„Was denn?“, fragte Jonas gespannt.

„Ich habe inzwischen meinen Mitarbeitern die Chance gegeben, sich über ihre Probleme zu äußern, so wie du es mir geraten hattest. Ich habe sie gebeten, mir anonyme Briefe zu schreiben.“

„Gute Idee! Und?“

„Tatsächlich gab es ein paar Anmerkungen. Viele fühlen sich zu sehr kontrolliert, und anscheinend habe ich zu hohen Druck ausgeübt.“

Jonas nickte.

„Daraufhin habe ich alle zusammengetrommelt und ihnen gesagt, dass ich an diesen Punkten arbeiten werde.“

„Wow! Das klingt großartig.“

„Ja, und die Mitarbeiter fanden das echt gut, glaube ich. Jedenfalls wirken alle irgendwie entspannter und sind besser drauf.“

„Perfekt!“, sagte Jonas. „Läuft bei uns!“

„Ja, das stimmt“, lächelte Alex. „Wer hätte gedacht, dass so viel passieren würde, als wir uns das erste Mal in der Praxis begegnet sind...“

„Ja, unglaublich. Darauf sollten wir anstoßen!“

So taten sie, und daraufhin nahmen sie sich fest in den Arm, soweit das im Sitzen möglich war.

„Danke nochmal für alles!“, sagte Alex.

„Und ich danke dir!“

20

Einige Tage später. Jonas kam gerade aus dem Fitnessstudio und fühlte sich erschöpft, aber zufrieden. Er parkte seinen Wagen, schulterte seine Sporttasche, schloss ab und ging los – und im nächsten Moment stolperte er beinahe, denn ihn durchfuhr so etwas wie ein elektrischer Schlag. Seine Nachbarin! Er schluckte.

Sie war gerade dabei, zwei Kisten Wasser aus ihrem Kofferraum zu holen. Augenblicklich stockte ihm der Atem und sein Herz verdoppelte seinen Takt. Er brauchte einen Moment, um sich wieder zu sammeln. Und sofort erkannte er, dass sich ihm hier mit riesigem Glück eine zweite goldene Gelegenheit bot. Sein Puls raste. Nach kurzem Zögern ging er schließlich auf sie zu und sprach sie an. Mit einem freundlichen Lächeln sagte er:

„Brauchst du Hilfe mit den Kisten?“

Sie blickte zunächst mit einem leicht genervten Gesichtsausdruck zu ihm auf. Offenbar war sie es gewohnt, ständig von irgendwelchen Typen angequatscht zu werden. Dann aber zog sie ihre Augenbrauen zusammen und schien zu überlegen:

„Moment, kenne ich dich nicht? Du wohnst doch auch hier in der Gegend, oder?“ Sie blickte an ihm herunter und wieder hinauf. „Kann es sein, dass du abgenommen hast?“

Jonas lächelte verlegen. „Ja, gut 15 Kilo.“

„Wow“, sagte sie sichtlich beeindruckt. „Respekt!“

„Danke! Darf ich dir jetzt mit den Kisten helfen?“

„Ja, bitte“, lächelte sie.

Jonas griff die Kisten und trug sie ihr bis zur Haustür. Sie schloss auf und führte ihn bis zum Hochparterre, wo sie ihre Wohnungstür aufschloss.

„Hier im Flur kannst du sie abstellen.“

„Gerne!“, sagte er und befreite sich von der Last.

„Vielen Dank“, sagte sie lächelnd. „Wenn ich mich mal irgendwie revanchieren kann, sag Bescheid.“

Mit klopfendem Herzen lächelte er sie an, zögerte kurz, doch als sie auf eine gewisse Art zurück lächelte, sagte er:

„Du könntest dich revanchieren, indem du mit mir einen Kaffee trinken gehst.“

Sie sah ihn einen Moment lang an, dann lächelte sie: „Klar, warum nicht?“

Ende

Epilog

Einige Tage darauf bekam Jonas eine Textnachricht von Alex:

„Hi, Jonas! Mir ist etwas in die Finger gefallen, das ich sehr inspirierend fand. Ich schicke es die mal als PDF.“

Einige Augenblicke später kam die Datei. Jonas öffnete sie und las:

„12 einfache Angewohnheiten für ein erfüllteres Leben:

- Führe ein Tagebuch und dokumentiere so dein Leben. Klebe dazu auch Postkarten, Tickets, Bilder und Ähnliches ein. Du bist es wert, deinem Leben diese Aufmerksamkeit zu schenken, und dein zukünftiges Ich wird sich über diese Erinnerungen freuen.
- Notiere dir jeden Tag den Moment, der am schönsten war.
- Schreibe jeden Tag fünf Dinge auf, für die du dankbar bist.
- Wenn du dich ins Bett legst, dann spiele nicht noch mit dem Handy rum, sondern lies ein Buch oder ein eBook. Das hilft, besser zu schlafen und stärkt den Kopf.
- Lerne eine Meditationsform wie Bodyscan, Yoga, Progressive Muskelrelaxation oder Autogenes Training und nutze sie täglich, um

dich zu entspannen und in Kontakt mit deinem Inneren zu bleiben.

- Widme dich verstärkt kreativen Aktivitäten, bei denen du die Zeit vergisst.
- Lege dein Handy so oft wie möglich außer Reichweite.
- Würdige und genieße die Langeweile! Gib deinem Gehirn Raum für Kreativität.
- Erinnere dich an Dinge, die dir in der Vergangenheit Freude bereitet haben und tu sie regelmäßig. Sie werden dir auch jetzt wieder Freude bereiten.
- Nimm Kontakt mit Menschen auf, die du schon lange nicht mehr gesehen hast, sobald sie dir in den Sinn kommen.
- Vergleiche dich und dein Leben niemals mit anderen, sondern nur mit deinem früheren Ich.
- Schätze jeden Tag so, als könnte er dein letzter sein.

Nachwort

Ich hoffe, du hattest eine gute Zeit mit diesem Buch!
Bitte hinterlasse eine **Bewertung** bei Amazon!
Oder noch besser: eine **Rezension**.
Vielen Dank!

Auf dem Laufenden bleiben

Möchtest du informiert werden, wenn neue Titel von mir erscheinen oder andere Neuigkeiten erfahren? Dann abonniere meinen Newsletter.

Besuche meine Website:
www.sommer-philipp.de

Hast du Fragen, Kommentare oder Anregungen? Oder sind dir Fehler aufgefallen? Auch damit bist du auf meiner Website richtig!

Zu guter Letzt wünsche ich dir alles Gute und natürlich ein großes Stück vom Glück!

Herzlichst,
Philipp Sommer

Impressum

Philipp Sommer
c/o skriptspektor e. U.
Robert-Preußler-Straße 13 / TOP 1
5020 Salzburg
AT - Österreich

Kontakt

Nutze bitte statt der Postadresse meine E-Mail-Adresse:

philippsommer1@gmx.net

Printed in Germany
by Amazon Distribution
GmbH, Erfurt

11123613R00120